VISTA
PUBLISHING

VISTA
PUBLISHING

VISTA
PUBLISHING

VISTA
PUBLISHING

非浪漫的暗戀

A Non-romantic Crush

張堃十二年精選詩集

2009~2021

An Anthology of Duodecennial
Selected Poems by Toikun Chang

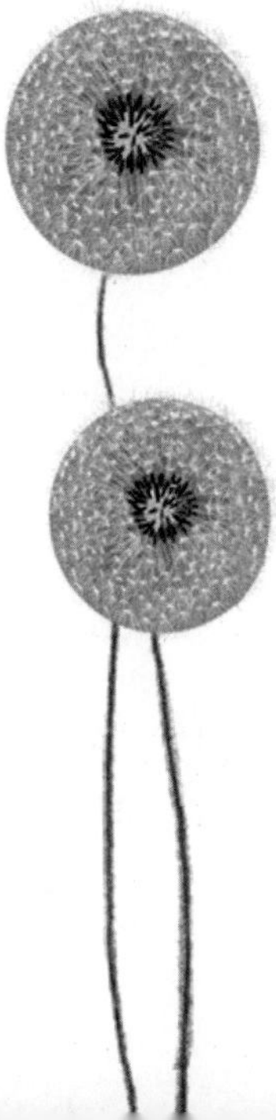

張堃——著

目次

【卷一】青花瓷

【卷二】廣場

【卷三】與羅丹一起沉思

【卷四】七里香

【卷五】旋轉木馬

【卷六】紐約地下鐵

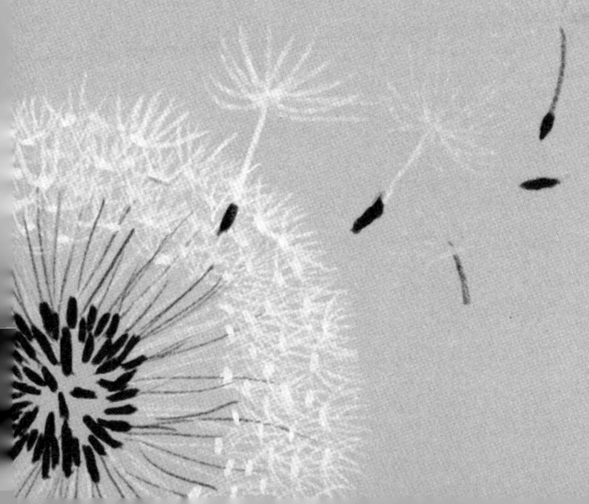

【卷七】空了的戲台

【卷八】非浪漫的暗戀

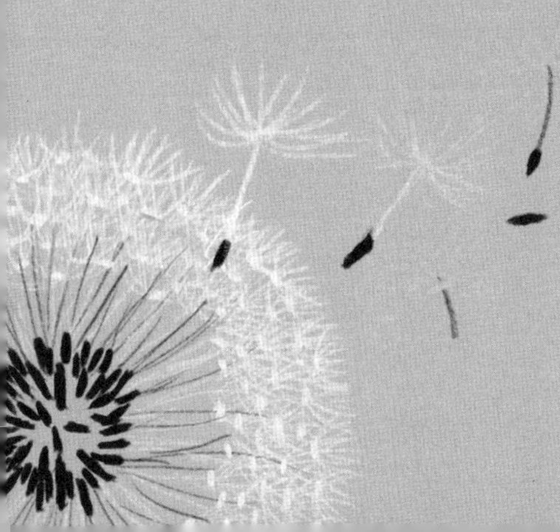

【卷九】金閣寺倒影

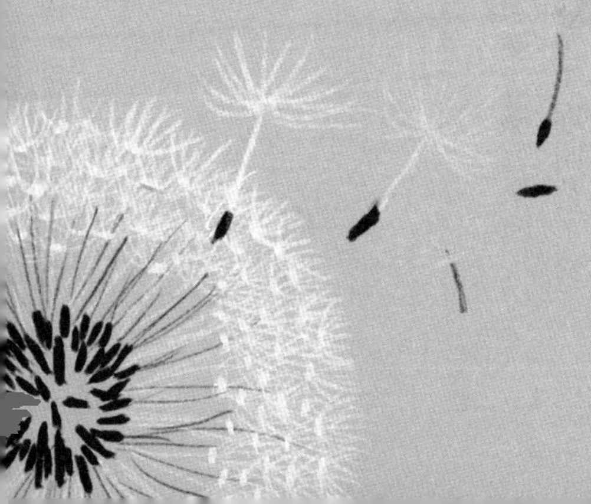

推薦序

詩寫平常經驗，卻顯處處新招

——讀張堃詩選集《非浪漫的暗戀》

⊙向明

寫詩寫成現在這樣的老以後，總有人不解地問：「你們怎麼這樣有學問，一直有靈感，有材料寫出這麼多不同的詩？」我聽了之後只能苦笑地回答，要是寫詩的眞有那麼大學問，早就去教書去了！當老師有固定豐厚的薪資，還有寒暑假，那裡像我們寫詩的這樣，嘔心瀝血寫出一首詩，找地方發表己經被視爲票房毒藥，漫說什麼稿酬薪資。你問我們爲什麼有那麼多材料靈感入詩，而且都不重複，總以新的面目出現？我只好說「讀萬卷書不如行萬里路」這句俗話可以回答你的問題。還有，我們新詩的老前輩胡適之先生早年寫過一首〈夢與詩〉，一開始卽說：「都是平常經驗／都是平常影像」，最後他又在〈自跋〉中解釋：「這是我的詩的經驗（poetic empiricisms），簡單一句話，做夢尙要經驗做底子，何況做詩？」故而他在這首詩的最後兩句是「你不能做我的詩／正如我不能做你的夢」，因爲這兩者都是個人私密經驗。只有個人私密獲得的經驗才新鮮，才令人想去一探究竟，詩之好就是這樣四處搜尋發現來的，不是乾渴在書本上的那些文字，也就是並非滿腹詩書的學問。

張堃起初和沙穗、連水淼、鄧育昆等辦過《暴風雨詩刊》，後加入《創世紀詩刊》爲同仁，至今詩的經歷，幾乎已達半世紀之久了。但因他中年舉家移民美國，並延續在臺灣從事的國際貿易行業，一直奔波在世界各地，因之他在臺灣詩壇只能像候鳥一樣偶爾短暫回來一棲。但是他的詩和用來充作詩的材料，也就特別與守在這個島上的詩人不太一樣，因爲他有遊歷四方，眼觀萬象所獲得的豐富詩材，和不同的感觸。因之讀他的詩就有不同的況味。

他最近整理近年來在各詩刊媒體發表的精選詩作，準備出版一本取名爲《非浪漫的暗戀》的詩選集，以作爲對自己和對臺灣詩文學追求的一個旅程交待。然後爲未來繼續的詩文學前程另譜新章。認眞的詩人對詩的追求總是這樣步步爲營，永不倦怠的。

這本收入一〇八首詩的詩選集共分爲九卷，每卷選其中一首詩作爲卷名。書名《非浪漫的暗戀》卽爲其第八卷中的一首詩。我對詩集的取名從來卽很有一觀究竟的興趣，認爲一定有些故事做其定名的背景，曾經寫過一篇「詩題趣談」的長文，爲我所發現的九種不同命名的詩集作過解說。但我對這個〈非浪漫的暗戀〉的取名卻總無法爲它歸納入我那九種命名的任何一類．這個書名是以兩個否定詞（double negative）「非浪漫」和「暗戀」組成，否定加否定應該是肯定語氣的加強，卽「公開且浪漫之戀」的另一新解吧？

這首詩很長，近四十行，裡面有對一個老邁、灰髮、聲音顫抖、呼吸混濁且有氣喘的弱勢者的詳盡描寫。詩人張堃感覺到他（她）有三十年代的溫柔，以及阿玆海默說不清的孤寂。從這些描繪出來的形象看來，詩人是在作超現實的眞話反說，實際他是暗中在浪漫地眞實地喜愛著這麼一個人，他不願用憐憫同情這類便宜的字眼，來表示對這麼一個一切無助的人的關懷。這是詩人獨家寫詩的放縱手法。他在大膽嘗試希尼所說的「詩的出現是充滿了各種可能的」，誠哉斯言。

詩選集的第一卷《青花瓷》中第一首詩名爲〈缺席者〉：

不在場
那人成了唯一的話題

他曾坐過的椅子
現在 被
另一個演說的人
正揮動誇張的手勢
佔領著

這首短詩不就是我們平常所說的「缺席批判」的速寫和其後的結局？不過

簡短得既精鍊又犀利。詩集那麼厚，一打開卽說有ABSENT者，不免感到有點突兀，而我倒覺得這個開場白來得恰到好處，等於爲這本書作一極簡的概括。他這整本詩選集都在訴說、追憶、緬懷，憑吊過去的人和事或某一地方，而那些當年在場的一切，事實上都已不在場，缺席了，包括那個張牙舞爪的演說家。現在在場說話的是誰，反而不就是下一首詩的那個住在「一隻細頸窄口瓷瓶裡」的那株「孤獨太久」的萬年青嗎？

〈萬年青〉
不想住在
一隻細頸窄口的瓷瓶裡
因爲
孤獨了太久了
也不想站在
客廳的角落
因爲

不想把我的寂寞
當成你室內佈置的
擺設

這首短詩也短得像刃首，不想被寂寞地當成擺設的苦悶溢於言表。這不就是這株和你一樣孤獨的萬年青在代你說話嗎？到了再下一首詩〈風箏〉才說「我現在才明白／原來斷了線的音信／叫做遺忘」。這整一卷詩·看似分成十一首，其實首與首之間「句斷意不斷」，仍可找出相互間的關聯。看似仍有不在場者，依稀誰都沒有ABSENT。不過都是在眞實地理解生活·感受生活和想像生活，冀圖再造生活，這一人間俗套中打轉麼？

我一直認爲，一個對詩文學認眞且有興趣的人，他不會只專具於一種詩體，應該對各種出現或尙待發掘或實驗的詩都有勇氣去經營，尤其在此一切講究多元的後現代，這樣才能開發自己的潛能，突顯詩人的才具。已經身經百戰的張堃似乎仍有這股牛勁，在作新詩體的嘗試開發，這本詩選集中總體而言以短小的詩爲大宗，而且都有精彩的表現，但是在第一卷中出現了一組五帖俳句，卻令人眼睛爲之一亮，似可看作現代流行所寫各類俳句之翹楚。

〈俳句五帖〉
在我的心中
也築有一座殿宇
堆滿了虛空

一隻小青蛙
撲通跳入了池水中
雲影就沉了

綿密的小雨
飄灑窗外的露台
濕透了冥想

花不論顏色
深淺裝扮了季節
蔓草也是春

彩筆畫不出
整座山水的靈性
潑墨來完成

按所謂俳句本乃日本受我國古典詩影響，仿效而創作的一種詩歌。我國古典詩如五、七言絕句．或詞的小令等都是以短小精鍊見長，而且非常講求韻律之諧和與節奏之響亮。然而日本的三行式俳句卻比我們的絕句詩更短小。公元一六一六至一八三一年的日本江戶時代開始提倡的所謂十七音俳句，即是按五音七音五音這三個長短音步所組成的一首詩。一九一二年周作人先生在提倡小詩運動首先把日本俳句引進我國，臺灣早在日治時代即有人學寫俳句。日本的俳句是以日語的多音節定型．而我們漢語是單音節，故我們將日俳的5／7／5音節式改爲五言七言五言成爲一種三行式的格律詩，稱之爲漢俳。漢俳的難寫是在其第三句必須異軍突起，回應出與前兩句迥然不同應有的效果，造成一種答非所問，偈語式的震驚高招。即以張堃所寫這五首俳句的第二首而言，日本最有名的俳句專家松尾巴蕉也曾以青蛙跳水此一意象寫過一詩．認爲是日本俳句中的翹楚。這首名詩曾有多種漢譯，下面舉出最通俗的兩譯：

古池呀
青蛙入水了
噗通一聲

閒寂古池旁
青蛙跳進水中央
撲通一聲響

無論這兩譯中何種譯法，詩的第三句都是想也不用想的必然結果，這是最通俗的所謂「線性」描述（linearity），是不會造成任何令人訝異的。而張堃詩的第三句卻是「雲影就沉了」，這是一種意想不到的結果，就得令人多去揣摸才會豁然悟道了，詩的整個張力也就突顯出來。他這五首俳句詩，每首第三句都有這種戲劇性的驚疑而後突悟的效果，不得不讓人另眼相看，並且佩服他爲詩用功用力之勤。

其實張堃的這本厚厚的詩選集中，所深藏的可以加以推舉出來加以介紹的還不勝枚舉，只是我人已老，視力已退化到必須在老花鏡外．再加高倍放大鏡才能看清電腦傳來的原稿文字。好東西要和大家分享，就都留給有興趣詩文學的方家去品味細賞吧！

（二〇二一／四／十一晨）

向明，詩人、作家、詩評論家，現今臺灣詩壇元老重鎮。

註：希尼（Seamus Justine Heaney, 1939 – 2013）愛爾蘭詩人，一九九五年獲諾貝爾文學獎。

推薦序

行旅軸線
——讀張堃《非浪漫的暗戀》

⊙陳素英

張堃一生熱愛旅行，在旅行中工作，有空就寫詩，詩是他行旅的軸線，生活的動能。Covid-19疫情期間諸事停擺，讓我們以詩領航，讓旅行不受限。

從他寫〈珍珠港〉開始，就分享過一篇短評，《影子的重量》發表會時不克前往，他出《風景線上》也分享過一篇書評。轉眼他就結集成新卷帙，基本上《調色盤》以色彩世界呈現浮世繪，《影子的重量》則以心影呈現偶覿所得。《風景線上》，是人生晚境佇立風景線上回顧與對話。

詩人張堃在一個多月前寄給我一本《非浪漫的暗戀》電子版詩集，時間是二〇〇九—二〇二一報載發表作品，大約十二年間《調色盤》《影子的重量》《風景線上》等詩集中選作。經過重新編排選材後，又呈現另一種面貌。計分九卷，卷一：青花瓷，卷二：廣場，卷三：與羅丹一起沉思，卷四：七里香，卷五：旋轉木馬，卷六：紐約地下鐵，卷七：空了的戲台，卷八：非浪漫的暗戀，卷九：金閣寺倒影。每卷的卷目都是該卷中心篇名，只有非浪漫的暗戀放卷八最後一篇，成爲全書書名。

主題面向

如果說生命本身就是一場旅行，家族生命長河中的親情，張堃把此章節安排在七里香這卷裡，媽媽的繡花鞋、錦緞旗袍；父親深巷中帶濕的背影。連帶地引發童年的雨季感，老人家長年相伴的〈搖椅〉〈老花眼鏡〉，甚至告別的夕陽，清明節，都在記憶的家園中入詩起興。而整卷則是以〈告別〉〈清明前夕〉的追思爲首尾。而於軸心的位置是七里香，這首花香引起全卷生命之流的故事的轉折。

張堃除了擅寫親情，勾勒那時代父母親背影外，另一出發點便是從生活出發，觀察人事物，詩歌出入各生活場景，飯店的椅子，客廳裡的萬年青，池塘裡的睡蓮、半空中的風箏、春去秋來的季節、三伏天氣、一旁久立的青花瓷，都是他詠物興懷即時即景素描對象。

從家園，再走出門去，便是街巷與城市或鄉野所遇，第二卷大約是比較大一點的圈子廣場。氣氛或鬧如元宵燈火、或寂如墓園沉默青苔、或各式各樣的其他風景。在這些場景裏，小則遇見郵筒、大則遇見拱門、歷史一隅。這大約是一卷青花瓷與二卷廣場及六卷紐約地下鐵所體驗。而紐約地下鐵卷，時空倒影的探索更爲濃重些。

卷三與羅丹一起沉思，大部分是古藝今詩，出入藝術時空，藝境與詩思共徘徊，大部分是與畫中人對話或與考古文物對話，題寫詩卷如漢俑、馬背上的兩個小丑、與藝術家梵谷、羅丹、與畫作〈戀人〉等。是由另類視覺藝術導入思維活動空間。

卷五：旋轉的木馬，多寫對過去的追憶，如散步累積拖在身後影子的重量，舊址、電影散場、逝去的鐘點、黑膠唱片、黑白電影。時間是逝去的，地方是散場的，電影是黑白的等。

卷七：空了的戲台、卷八：非浪漫的暗戀、卷九：金閣寺倒影。時空的旅人，行旅間，記憶軸線交織得愈爲緊密。

整體而言，作者在記憶、時空場景、旅次中，觀察人事物，從生活化主題著手，兼及人生不同階段所經，加以觀察。卽使老病死等主題，也不給讀者巨大的內容負擔，也不設曖昧不明語言障礙。總以繪畫素描之筆，付諸淸簡輪廓，給讀者以明晰質感印象。

空間中的江南占了他一大片詩裡江山，〈古鎭同里〉，〈江南詩抄〉等，空間裏古今齊發，時間延展，世界交融。詩詞的、文化的、懷舊的，都加了許多現代新元素進去。

風景裏有人物章節，如〈非浪漫的暗戀〉，應是寫流逝歲月裡的一段段人事物聚散離合，如老人院所遇。人生都會老，人事物都會有興衰，流變自在其中。那是以宋詞的筆調寫生命的某一流逝的階段。走出公益活動，寫作轉化紀錄這些，把關注化爲詩意。風景裏還有當時尚屬清晰，但卻追憶不及，稍縱卽逝的如夢幻影，如〈梧桐步道回音〉等。

詩人瘂弦在多年前訪問老詩人紀弦時曾說過：「雖說詩是少數人的文學，然而詩是不會死的。隨著時代的進步，科技的發達，詩的題材也愈益豐富了……」那麼以《非浪漫的暗戀》作爲選集之名，不僅可以看到詩人張堃一生對詩歌的執著，也可以看到他源源不絕的筆耕墨耘，對人世間一切關注，帶來詩歌以簡馭繁、內容卻不虞匱乏的面向。每塊材料都有自己的位置，顯露作者的深思熟慮，也顯示結構的謹嚴有序。

角色扮演

對於景物人物的書寫，如〈缺席者〉：「不在場／那人成了唯一的話題／他曾坐過的椅子／現在被／另一個演說的人／正揮弄誇張的手勢／佔據著」以椅子爲媒介，寫另一個演說的人，如何以行動佔據椅子，佔據角色，扮演著故事中人。

〈萬年青〉：「不想住在／一隻細頸窄口的瓷瓶裏／因爲／孤獨了太久／也不想站在／客廳的角落／因爲／不想把我的寂寞／當成你室內佈置的／擺設」不但以萬年青爲第一人稱觀點敍事，且以「不想」，「站立」的心聲表達獨白及處境。

〈老花眼鏡〉寫與父親互動：「戴上父親留下的一副／從前嫌度數太深／如今又早已用不上的老花眼鏡／讀報／讀小說／讀唐詩宋詞／愈讀聚焦愈模糊」「而從抽屜裡翻出來的一封舊家書／讀到最後／只見自己走入信裡／在朦

朧不清的字句中／和父親重逢」藉眼鏡和信爲媒介，從讀家書過程，走入信裏，走進父親的人文世界中。帶出互動後的重逢意義，和今昔感受。讀信前是自己，讀信後迭合著父親的影子。

情節演繹

作者在敍事過程中，有時以故事方式處理，即使小景小詩，也賦予變化。適時取材故事的一些點，來安排情節。安排故事的方法叫情節，情節使事件發生有先後順序的安排，營造內心與外境，使之有連貫性。

我們看張堃小詩四首〈小橋〉：「路在前／揚塵在遠方單調不變的景色之後／我無心回憶往事／只有低頭俯看／自己的倒影／怎樣蜿蜒而去」

〈小徑〉：「許多舊事／淡忘了／連風都不記得／怎樣把蘆葦／吹成深

秋」、「我們一起走過的春天／也早就荒蕪了」

〈小溪〉：「如果把潺潺的流水聲／聽成低泣嗚咽／你眞是浪漫主義唯美派」、「而我祇是一名／宿命論者／沒有選擇地／日夜奔流」

〈小雨〉：「你淚眼裡／浮現的一片雨景／是一場室內樂／正悠悠響起／雲與霧的二重奏／我側耳傾聽／在潮濕的聽覺裡／竟溢出了／你帶著寒意的嘆息」

四景分觀：〈小橋〉主要寫單調不變，從一而前。〈小徑〉寫舊事荒蕪過程變化。〈小溪〉將「聲」「流」分二，你我性情分二。〈小雨〉則「雲」「霧」合流成嘆息。四境合而觀之。「不變」、「消失」、「分」、「合」，相對照。外象與內境相呼應過程，是透過情節漸次演繹過程，完成組詩。

時空情境

作爲事件順序，情節必須有變化過程，變化隨時間發生，時間流動成爲情節結構中不可或缺的組成部分。以張堃〈素顏與幻想〉爲例：「舞台上／燈光漸暗／暗至僅剩下一線微弱的曙色／暗至看不清／那伶人臉上的輪廓／我只能勉強／以舊海報的印象去揣摩／一張剛剛醒來／還未及上妝的面容」（二〇〇九）；「電影放映中／情節高潮迭起／故事跟我寫過的幾個腳本／有多處不謀而合／此刻事件正巧沿著／我埋下的伏筆進行／我決定提前離開戲院／不想太早知道結局」（二〇一一）

第一首是以想像去延展，燈光曙色都是時間。時間由夜到晨，時間的流動，由海報想像並塡補顯影著伶人未上妝面容。

第二首詩中情節的尾段「我決定提前離開戲院，不想太早知道結局。」是以「行動」切斷演繹中的時間、情節。這是他對節奏進行壓縮的方式之一。〈素顏〉與〈幻想〉剛好說明了時間在情節裡顯影的兩種方式。

而時間的休止符，又是怎樣被應用在場景中，捕捉記憶與遺忘？就那麼剛好，來到〈清水斷崖〉：「我又來了／又站立矮石牆前／遠眺時間怎樣／停頓在／寂靜無聲的遺忘中」、「此外，我來憑弔／視線盡頭的灰濛海平線，追懷／以海天一色爲背景的回憶」、「除了海風稍鹹／濤聲近了些」、「一切和多年前拍攝的一幀風景照片／幾幾乎／沒有改變／只不過相機不同了／我的記憶／也數位化儲存了而已」。

爲了「追懷」「憑弔」爲了捕捉鏡頭，心理時間停頓了，世界不變，風景不變，悄悄改變的是暗中被偷換的數位儲存記憶方式。

作者必定不只一次佇立斷崖前，拍照留影。時間不會因爲拍照留影而停頓，這首詩裏，時間呈現的方式，是作者心理的時間，一種存在的時間。

〈走在澳門的巷弄中〉：「我走進／一段遙遠的時光之中／風從清末輕輕吹來／陽光由民初斜斜射下」、「我走過／未經剪接的紀錄片／沒有旁白／也沒有配樂／只有我的鞋聲／鞋聲／踩響／終將被遺忘的瞬間」

「清末」「民初」還有「我的鞋聲」踩響被遺忘的時間，所有的時間發生在瞬間，也是一種心理的時間。

而歷史的時間呢？我們再看〈夜搭港澳渡輪〉：「船在寂寞的港口啓航／無人相伴／只有晚風來送行／岸邊的燈火／不肯暗去／夜空與海面／相擁在灰濛的霧色中／當忽隱忽現的星光／閃爍出／告別的手影／誰去在意／一段屈辱的歷史還被記得？／誰去理會／珠江口海域／曾經吹過大英帝國的狂風／翻湧過里斯本港灣的海浪？／我把這終將淡忘的一刻／趕緊用相機／從船舷的角度／拍照一張／海上無限的漆黑／拍照／另一個時空」

「珠江口海域」「大英帝國的狂風」「里斯本的海浪」拍下的照片，是大家熟悉的珠江口港澳歷史。一個時空跟一個時空之間，是港澳與世界歷史的因果關係，是線性的時間。

意義詮釋

談到歷史，順便談談他對詩歌意義的掌握與詮釋，以歷史詩爲例，如〈再臨雅典〉，〈夏威夷二題〉，〈珍珠港夕照〉〈獨木舟〉〈布萊爾拱門〉等，他寫歷史有多少取材，有多少理解，就寫多少，不作取材以外過度詮釋。以〈布萊爾拱門〉爲例：

〈布萊爾拱門〉(Blair Arch–Princeton University)「我想走近一點／如此就靠歷史近了一些／彷彿這樣才能／感覺花崗石的冷／才能聽出風聲／一再重覆又聽不清的信息」、「在拱門的陰影裡／我取出相機／隨意拍下風景明信片上／沒有的斑駁」

他以「身觀」、「體感」、「耳聽」、「手拍」的方式取材靠近歷史，取證多少，呈現多少歷史裏的斑駁。讀者循著作者的「身觀」、「體感」、「耳聞」、「目見」，反而能讓讀者見微知著，集中心力感受花崗岩的冷，聽不清的信息等現象如實顯現。

〈竹圍紅樹林〉：「濕地／臥在淡水河北岸／躺出一條如大號畫筆／刷過的水平線／幾隻水鳥噗哧飛入／煙波盡處的涉水矮林／本來安靜的水筆仔／忽而湧動了起來／定睛察看／才發現／畫布上的一輪通紅落日／正緩緩垂降／泥濘的沼澤地帶／此時寫生的人／正在收拾畫具／並且順便把潮汐的印象／以及海風的感覺／加上與彩墨重疊的未乾暮色／一起裝進袋子裡」

實景與寫生畫作，虛實交疊對照，在作者定睛下往還互動。水仔筆與寫生者的畫筆交互的作用，潮汐、海風、彩墨，立體未乾的暮色，藉畫袋，一起收納在一首詩裡。

遠觀，看似平靜的水平線、海岸線，靠近時，潮汐現象、沼澤地帶湧現動態，一方面來自海的律動，風的推波逐瀾，更來自那隻點染的畫筆，以及作者提供移動的視點，活潑生動呈現紅樹林生態環境氛圍。

船山詩論有三現說，三現是「現在、現成、顯現眞實。現在是不緣過去作影，現成是不假思量、不作過多的解說。顯現眞實，是不參虛妄，給人眞切感，寫景活潑生動，所謂即景即目所見，這可以作爲例證。

作者將瞬間的感覺，透過文字創造情景交融意境，讓讀者也直接親臨現場去發現意義，沒有隔閡的一起同步品賞世界。

奇思巧構

張堃作品常有奇思巧構，〈鋼鐵的輓歌〉——向一座傾圮坍毀的廢棄鋼鐵廠致哀：「嗚呼／喪禮早已結束／除了莊嚴的送葬進行曲／在音樂會上反覆奏響／告別的儀式再也無人記得／不清楚傳奇故事怎樣訴說／精彩傳說如何演繹／只感覺一座虛擬的墓塚／轟然如鏡頭焦距拉近／把整個視線塞得爆滿／彷彿耳邊又響起了／當年在演奏會／聽過的哀樂」

「嗚呼／曾經咆哮過／曾經怒吼過／曾經輝煌過／曾經不可一世過／而今有人前來攬勝／但見覆蓋厚厚一層鐵鏽的高塔灰影／偃臥在地無聲無息／幾朵不鏽鋼的浮雲／始終懸掛在廢棄廠房的天空／不再飄動／也有人偶來憑弔／根本不見墳塋／也看不到墓碑／但見一抹殘陽斜照在死寂的／被遺忘的世界／此時映出的幾道折射光／在天色暗盡之前／全都投射到／鋼鐵最後安息的廢墟／投射到／每一撮時間的餘燼／以及點點滴滴／不成形的記憶殘屑」

〈鋼鐵的輓歌〉第一段「嗚呼」以下是時間裏的「守無」，再「嗚呼」以下，是時間裏的「見有」，基本上一首敍事詩，僅敍一事，論一時，正反對照，容易敍寫清楚。「守無」寫無人記得、不清楚、虛擬；四個「曾經」，三個不：

不再、不見、看不到，被遺忘、餘燼、殘屑。是「見有」的點點滴滴終至消失狀況。

下一首詩〈普林斯頓印象〉，就更精簡主題，景稍事鋪敘後就歸結於一湖倒映一張旅人的臉。

〈普林斯頓印象．卡內基湖一瞥〉(Carnegie Lake)「點點光影／灑落在湖水的一方／小船划過的水痕／波漾著我氤氳的想像／飛鳥低空掠過後／漣漪便靜靜散了開來／流雲附庸風雅／也掉入湖面／和一張路過旅人的臉／一起浮沉」、「那是我刻意留下的倒影／算是做爲來此一遊的印記」

浮雲遊子，連結於湖水波痕中，一起浮沉。一瞥，一湖，雲影人面一起浮沉，到此一遊。時空情景交會於一瞬。

再看〈噴水池〉一詩：「噴水池／以不同的姿勢／去擁抱風箏／擁抱鴿子／擁抱蜻蜓蝴蝶／甚至緩緩飄過的流雲／結果／抓回一把自己／還有／響個不

停的水聲」

在〈廣場〉這組詩裡，有銅像影子、噴水池、大理石紀念碑。〈噴水池〉在廣場中，是最爲活躍流動、變化不拘的。給人以瞬息萬變，捉摸不定的印象。與風箏、鴿子、蜻蜓、蝴蝶、流雲、擁抱互動，這些對象也是不定的。開始的筆調是外向的，寫主客體的互動，往外的追求。末了，結出意外的「自己」、「水聲」的質性。

不但將景物角色化，與情節交相發展。並且由「外象」的描寫，轉入內義層次，將主體與主體（自己）互動，發現「自己」、「抓回一把自己」。探究作者奇思妙想玄機，來自深入生活觀察，由事物物理的軌跡，轉向文字情理的軌跡，轉向情意的深層結構，觸及心理世界。與其他兩組景物：紀念碑，銅像紀念碑因果式的發展是不同的。三者之中只有流動的水流有可能抓回一把自己。但三組都是寫外加的景象。

而〈非浪漫的暗戀〉，是一種柔軟觸動的感懷：「初晤／正值嚴寒的下雪天／北風呼呼吹過／我們靠得很近／聽見你混濁的呼吸聲裡／依稀合著／懷舊老歌的音調／我也聽清／微弱的顫音／原來把氣喘伴成了節奏／你難道眞想／在皺紋與稀疏的灰髮之間／伸出一雙枯乾的變形手指／來指揮／年華逝去的旋律」

「再次相逢／我們靠得很近／窗外雪停了／你低垂灰濛的眼睛／開始凝視冰原無盡的茫然／你沉默了／如剛下過的雪／靜靜回想／走過的一生／經過的風風雨雨／回想失焦的歷歷往事」

「我們靠得很近／在你的幻想中／邀你以及你的輪椅共舞／乾癟的嘴唇／仍然抿著一絲／陳舊的嫵媚笑意／而緊緊裹住脖子的圍巾／幽幽散發一股／像花露水百花油又似鄉愁的餘味／我們靠得很近／我感覺到／你三十年代老邁的溫柔／以及／阿茲海默說不清的孤寂」（二〇一七年二月一日《聯合報》「聯合副刊」）

詩裡相逢的時間是順序的：「初晤」，「再次相逢」，「我們靠得很近」，每段結束對方的時間則有變化。

「伸出一雙枯乾的變形手指／來指揮／年華逝去的旋律」是主角以現在指揮未來的。「靜靜回想／走過的一生／經過的風風雨雨／回想失焦的歷歷往事」是主角回憶過去的時間，陳舊的嫵媚笑意，鄉愁的餘味，三十年代老邁的溫柔，以及，阿茲海默說不清的孤寂，這幾組時間是過去到分不清楚模糊的時間。花露水百花油則是觸及在空氣裡的味蕾。

作者以順序的時間先將主要時間作定位，再寫對象的思維活動時間感做對照，讀者不易混淆主角的處境。作者凝視生命現象在時間裡的起伏消逝，彷彿風華猶在，又彷彿稍縱即逝，卻又氣味殘存。那是詩人那段時間在老人院作志工所見所感，用非浪漫的暗戀爲題，有意以反差現象，寫詩意溫柔的觸及。作者不但擅於觸及詩意，也擅於詩中人物互動。景物的時空的，人際的，自我的，總是生動的生態的，也律動的。

在捷運上看到張堃的〈車站〉：「在這裡和自己相逢／也在此地／與另一個自己分別／中間的過程／只是車速的移動／沒有多餘的時間／去彼此思念／今生來世的距離」

「想到停靠某地／好像是必然／卻多半出於偶然／而今佇立月台／如倦遊回來的旅人／亦似一名送行者」

「不知道究竟抵達終點了／抑或過境／還是再次啓程／只知道一起等候／列車進站／最後又要揮手告別」（二〇一七年七月五日《聯合報》「聯合副刊」）

就角色而言，他從自己分出另一個自己來互動，又設下今生來世變化時空。把機緣分屬偶然必然，旅人與送行角色都設在同一人身上。角色與結構，都以相反相成的方式敍事對話。透過詩歌的眼睛，世界竟是這般的環環相扣。巧思奇構，竟自然存在於事物的一體兩面，而終極目的，就是要使所有的要素合而爲一個聚焦主題。

如果說生命就是一場旅行，祝福作者在詩歌中遇見另一個自己。告別一個又一個寫作的小站，經歷不同的人事物，彼此對話互動，激盪意義，歸結出主題。在創作中等候過境，每一次出版都是再次啓程。

有機會再次閱讀他的作品，再次感受作品的主題面向，結構目次編排。故事情節演繹，時空情境，角色扮演，意義詮釋，風格展現。在看似平易的文字背後，有著深層的結構，精簡的義涵之後，突出主題意旨。

疫情讓全世界都減少活動互動，閱讀詩人的生活，品味詩歌的節奏律動，參與他的豐富生態生動詩旅軸線，就像搭乘閱讀列車，跳上另一段月台，開始另一種啓程。

陳素英，詩人、文學評論家，戲曲演唱家。現任東吳大學副教授。

【卷一】 青花瓷

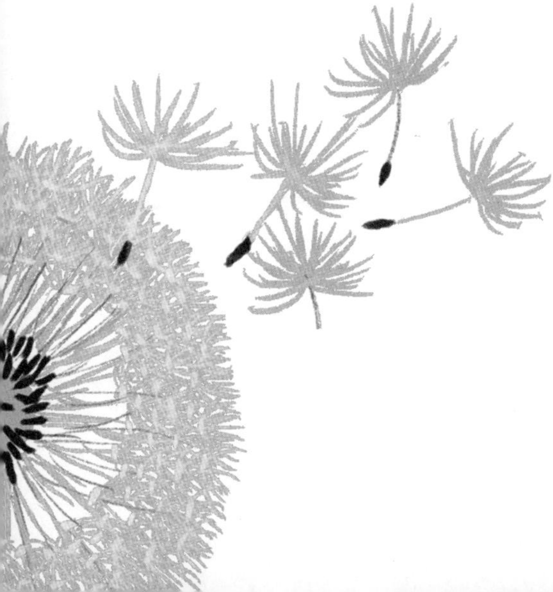

缺席者

不在場
那人成了唯一的話題

他曾坐過的椅子
現在　被
另一個演說的人
正揮弄誇張的手勢
佔據著

二〇〇九年三月《創世紀詩雜誌》春季號第一五八期

萬年青

不想住在
一隻細頸窄口的瓷瓶裡
因爲
孤獨了太久
也不想站在
客廳的角落
因爲
不想把我的寂寞
當成你室內佈置的
擺設

二〇〇九年九月《創世紀詩雜誌》秋季號第一六〇期

睡蓮

在似夢非夢的湖面上
輾轉難眠
我索性
自一朵漣漪中
醒來

而輕漾的波紋
把我的情緒
無端地激盪成深藍色
藍又藍得幾乎跟
夜 一樣深

二〇〇九年三月《創世紀詩雜誌》春季號第一五八期

風箏

我放風箏的手
後來空了
迎著漸濃的暮色
若有所失
我現在才明白
原來斷了線的音信
叫做遺忘

二〇〇九年十一月《創世紀詩雜誌》冬季號第一六一期

青花瓷

一開始
我便空著
因爲我不是一個容器

我只能用全身上下泛著釉光的紋身
證明自己的存在
並且最終也證明了
空著的理由

我從來不是一個容器
只是裝飾給歷史看

我始終
空著

健忘症

一直等到雨停後
伸手去收傘
才發覺根本忘了帶

而更嚴肅的是
放晴了
又四處尋找
那個在雨中迷路的自己

二〇一〇年一月二十四日《自由時報》「自由副刊」

春去，秋來

春去

早就知道
即使送你一座花園
也不能把春天留下
而今你果真不知去向
只留下一些
似有若無的回憶
在枝椏間
枯萎

秋來

原以爲
花期還在風景中
熱鬧著
未料夏日尚未過完
秋天
就已在我心裏
飄下落葉

二〇一〇年三月《創世紀詩雜誌》春季號第一六二期
二〇一〇年三月二十二日《世界日報》「世界副刊」

三伏天

我在快要燒起來的日影裡
停下腳步
揮汗聽那句沙啞的蟬鳴
拉長了 嘶—喊—
最後斷斷續續
冒出了
火花

二〇一〇年八月二十三日《聯合報》「聯合副刊」

俳句五帖

1

在我的心中
也築有一座殿宇
堆滿了空虛

2

一隻小青蛙
撲通跳入池水中
雲影就沉了

3

綿密的小雨
飄灑窗外的露台
濕透了冥想

4

花不論顏色
深淺裝扮了季節
蔓草也是春

5

彩筆畫不出
整座山水的靈性
潑墨來完成

二〇一〇年十二月《創世紀詩雜誌》冬季號第一六五期
二〇〇九年五月二十七日《自由時報》「自由副刊」

小詩四首

小橋

路在前
揚塵在遠方單調不變的景色之後
我無心回憶往事
只有低頭俯看
自己的倒影
怎樣蜿蜒而去

小徑

許多舊事
淡忘了
連風都不記得
怎樣把蘆葦
吹成深秋

我們一起走過的春天
也早就荒蕪了

小溪

如果把潺潺的流水聲
聽成低泣嗚咽
你眞是浪漫主義唯美派

而我祇是一名
宿命論者
沒有選擇地
日夜奔流

小雨

你淚眼裡
浮現的一片雨景
是一場室內樂
正悠悠響起
雲與霧的二重奏
我側耳傾聽
在潮濕的聽覺裡
竟溢出了
你帶著寒意的嘆息

二〇一一年四月《新大陸詩雙月刊》第一二三期
二〇一一年六月《創世紀詩雜誌》夏季號第一六七期

素顏與幻想

1

舞台上
燈光漸暗
暗至僅剩下一線微弱的曙色
暗至看不清
那伶人臉上的輪廓
我只能勉強
以舊海報的印象去揣摩
一張剛剛醒來
還未及上妝的面容

2

電影放映中
情節高潮迭起
故事跟我寫過的幾個腳本
有多處不謀而合
此刻事件正巧沿著
我埋下的伏筆進行
我決定提前離開戲院
不想太早知道結局

二〇〇九年九月《創世紀詩雜誌》秋季號第一六〇期〈幻想〉
二〇一一年四月《秋水詩刊》第一四九期〈素顏〉

【卷二】 廣場

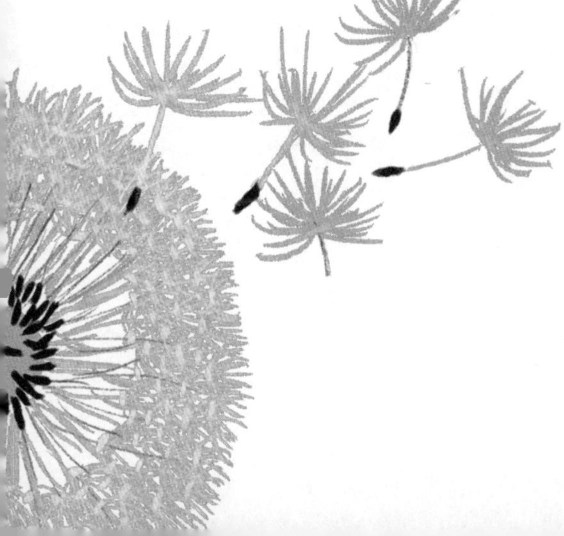

卡斯楚街

霧落舊金山，霧落
我剛剛離開的小街酒館
好像耳邊還響著
男低音與鬍鬚的顫音
斷斷續續地
挑逗我白茫茫的想像
轉身回望
那面彩虹旗看不清了
窗玻璃上
我酒後寫下的「哈利路亞」
也已被襲來的冷霧
刷聲抹去

二〇〇九年五月四日《世界日報》「世界副刊」

再臨雅典

重讀了
伊利亞得，以及
又溫習了一遍奧狄賽
荷馬還是離我很遠
而蘇格拉底來回走過的市街
現在也聽不到他的腳步聲
我順著喬治王大道往前走去
憲法廣場卻大致維持初訪時的原貌

傾圮的廢墟
照常飄散著
早已熄滅的歷史灰燼
不遠處的一座劇場
路過時

偶爾也能穿越時空
聽見遊吟詩人低沉悲涼的誦歌

宙斯神殿幾乎沒有改變
斷柱殘垣依舊裝飾著
不願荒老的歲月痕跡
和往回倒退不了的時間刻度

其實用不上
柏拉圖的辯證法
時間早已將愛琴海的蔚藍
整疋注滿在
那年低垂的星空裡

只是今晚星空更低了
低到我現在伸手就可觸及
那微冷的星光
甚至擁抱
亞里斯多得也曾擁抱過的
希臘獨一無二的憂鬱

二OO九年九月《創世紀詩雜誌》秋季號第一六O期

夏威夷二題

珍珠港夕照

望著遠方
緩緩下沉的落日
我與飄過的流雲
和幾隻貼著海面飛過的海鷗
還有那艘退了役的密蘇里號戰艦
全都沉默了起來

・

我移動數位相機的鏡頭
屏息拍下
那抹一九四一年的晚霞
在亞歷桑那號沉船的上空

獨木舟

船尾漾出的一條水痕
正拖著浮映神祕圖案的倒影
緩緩划入
玻里尼西亞人
男女混聲合唱的波濤裡
一個波浪打來
把我跟著唱不上去的高音
轟然蓋住

二〇〇九年十月三十日《世界日報》「世界副刊」
二〇一〇年一月《秋水詩刊》第一四四期

普林斯頓印象

卡內基湖一瞥（Carnegie Lake）

點點光影
灑落在湖水的一方
小船划過的水痕
波漾著我氤氳的想像
飛鳥低空掠過後
漣漪便靜靜散了開來
流雲附庸風雅
也掉入湖面
和一張路過旅人的臉
一起浮沉

那是我刻意留下的倒影
算是做爲來此一遊的印記

二〇一一年十二月《創世紀詩雜誌》》冬季號第一六九期

布萊爾拱門（Blair Arch – Princeton University）

我想走近一點
如此就靠歷史近了一些
彷彿這樣才能
感覺花崗石的冷
才能聽出風聲
一再重覆又聽不清的信息

在拱門的陰影裡
我取出相機
隨意拍下風景明信片上
沒有的斑駁

二〇一一年十二月《創世紀詩雜誌》冬季號第一六九期

拿索街的夏日午後（Nassau Street）

從一幅夏日午後的風景畫
走出來
徜徉在小街上
陽光在畫裡畫外
沒有溫差
只是日影漸漸西移
不久就黃昏了
而晚霞
看上去
比街燈溫暖了許多

二〇一一年九月《創世紀詩雜誌》冬季號第一六八期

野山櫻

知道花期
來得快，去得急
我便匆匆趕在黃昏前赴約
去感覺你怎樣信守
曾經許下的諾言
知道花期
短暫而熱鬧
卻萬萬沒有料到
你竟把我早已冷卻的心
瞬間燃燒成一片花海
且將久藏的祕密
恣意輝映成
一抹夕陽
此外還襯上一束
只有我才能會意的霞光

以及
另一種近乎憂鬱的
深紫暗紅

透視

沉睡中
一面鏡子
悠悠自暗室醒來
湊不成形的影子
沿著牆壁滑落
消失在另一個黑暗中

他夢見
浴後的自己
根本還留在鏡框裡
全身赤裸
竟和一個陌生的影子
擁抱
那早已不存在的
夜

二OO九年六月《創世紀詩雜誌》夏季號第一五九期

郵筒

1

我是當年用限時專送寄出
一個羞怯承諾的少婦
投郵後就懊悔了
果然經過幾番歲月
又幾番風雨
我現在已經習慣了
年復一年的落空
沒有祝福
也沒有一句問候
甚至只有
廣告印刷品的嘲諷

2

她一直站在街角
當初偷偷寄信的秘密
沒有人知道
有一天
我無意間路過
驀然想起
一封塵封已久的來信
迄今遲遲不敢回覆

二〇〇九年六月三日《中國時報》「人間副刊」

廣場

1

影子
沒有想像陰暗
堆積得愈來愈厚的鴿糞
也僅僅添上一層
帶著訕諷的灰白色
只是銅像
站久了
憔悴了

2

噴水池
以不同的姿勢
去擁抱風箏

3

擁抱鴿子
擁抱蜻蜓蝴蝶
甚至緩緩飄過的流雲
結果
抓回一把自己
還有
響個不停的水聲

風吹過
雨打過
青苔爬過
到了晚上月光摟過
斑駁的紀念碑

漸漸蒼老
最後在大理石冰冷的感覺中
不朽了

二〇一〇年一月十四日《中國時報》「人間副刊」

我擁抱過

辛波斯卡

她的美麗
無法用敍述句描寫
必須演出
她的聲音
屬於如歌的吟唱
必須聆聽
她專注朗誦的神情
是她作品的一部分

和她一見鍾情
絕非幻想
就像禁不住想到
波蘭有多遠
想到我擁抱過
她的笑容

她的眼淚
還有詩集裡的體溫
波蘭的距離
就近了

我再次擁抱
她的詩句
這一次，不去思索
詩裡的奧義
只想在寒夜
從她的詩中
取暖

二〇一二年二月十五日《自由時報》「自由副刊」

失憶症

1

軟片曝光
錄音帶洗掉
記憶晶片刪除
無法重新開始的過去
瞬間歸零

2

剛剛才看過的電影
連同片名全忘了
幾個劇中人
還有故事情節
就一幕幕

浮現在戲院的海報上
空白著

3

終於想起了
那段似有若無的往事
原來從未發生過

而發生過的
早已不記得了
就當它不曾發生一樣吧

二Ｏ一三年四月二十五日《中國時報》「人間副刊」
二Ｏ一四年十一月二十七日《Today，今天》文學網站

【卷三】與羅丹一起沉思

在梵谷自畫像旁

小立

和你併肩望向
一群疲累的烏鴉飛過小麥田
天色就暗了下來
暗到幾乎接近傍晚的能見度
背後的一排絲柏
在暮靄煙波中
緩緩扭動了樹梢
和灰雲糾了一個結

一路上你話說得不多
要說的幾句話
其實不說我也明白
只是你提到的那幾個吃馬鈴薯的人
到底在控訴，還是彼此取暖？
那盞昏暗的煤油燈

說得夠清楚
快步走過懸著空虛的吊橋
那座鄉間教堂的鐘聲
正巧響了
風琴也奏了起來

我傾耳細聽
隱約還能聽出
遠在聖瑪迪拉莫海邊的漁船
斷斷續續的返航汽笛
此時，你示意
前面就是老磨坊
再走幾步路，穿過對街
便是你常去買醉的小酒館

跟著你走馬看花
不知不覺來到你在阿爾的住家
臥室確實小了些，簡陋了些
好像還散發著一股十九世紀的霉味
正要轉身離去又聞到
從你靜物畫裡
飄出的陣陣花香
趁我停步凝思
你竟不告而別

我只好沿著來時路
順著橄欖樹林的方向走去
小徑兩旁的鳶尾花
靜靜地藍著
今晚星光閃爍不停，也靜靜地藍著

夜晚露天咖啡座已經打烊
人散歌歇
只剩下寂寞的風
來回掃著小街的夜

突然間，我聽見幾句輕咳
轉身一看
原來你已早我一步回來了
回到美術館長廊的一個角落
回到你自己的畫裡
一身杜松子酒味
伴著煙草味
還有油彩畫不盡的
孤寂的味道，憂傷的味道
我靜立一旁

端詳你削瘦的倦容
看著，看著
從你深陷的眼睛裡
看到一幕繁星低垂的夜空
正向我漸漸
逼近

二〇一〇年一月二十四日《中華日報》「中華副刊」

與羅丹一起沉思

靠近你
近到稍一傾身
就能感覺你大理石冰涼的體溫
伸手撫摸你全裸的身軀
金屬的心跳
竟與我的脈搏
同一頻率

近距離
與你一起沉思
時間驟然停頓在
你刀斧鏤刻的雕痕裡

與你一起沉思
歷史在我們相會的剎那間

眞的停了下來
而你想的
和我想的
究竟有何不同？

你弓身托腮
百年苦思不語
我忍不住一問再問
你的痛苦
難道就是我的痛苦？

追問最終還是沒有答案
我只好緊靠著你
在青銅打造的沉默中
回過神來

且將滿手的銅銹
抖落一地

二〇一〇年二月《新大陸詩雙月刊》第一一六期

古藝今詩

煎餅磨坊的舞會

Dance at Moulin de la Galette, 1876.

皮耶－奧古斯特．雷諾瓦（Pierre-Auguste Renoir 1841-1919）

蒙馬特的星期天午後
煎餅磨坊
正開著舞會
我擠身在
喧鬧的人群中
喝一八七六年的香檳
聽十九世紀的流行音樂

在邀一些仕女共舞之前
無事好做
除了跟著圓舞曲的旋律

打打拍子
只有四處張望
雷諾瓦本人是否也在場

二〇一〇年九月《創世紀詩雜誌》秋季號第一六八期

藍騎士

The Blue Rider, 1909.

瓦西里・康定斯基（Wassily Kandinsky 1866-1944）

藍色的下意識
混合著
一點抽象的憂鬱
橙黃色的風
迎面吹來
他正頂著紅色的天空
馳騁趕赴
一個色彩繽紛的盛會

二〇一〇年九月《創世紀詩雜誌》秋季號第一六八期

裸婦

Female Nude, 1916.

亞梅迪歐．莫迪里安尼（Amedeo Modigliani 1884-1920）

我把身體
渾身上下都讓你看遍了
你還是不懂
我的意思

其實我的睡姿
幾乎透露了
暗藏的心事
你千萬不要再問
愚妄的問題

二〇一一年九月《創世紀詩雜誌》秋季號第一六八期

馬背上的二個小丑

Two Clowns on Horseback, 1920.

馬可・夏卡爾（Narc Chagall 1887-198）

我們演出
昨晚夢中的自己
在不斷響起的掌聲裡
猛然想起
我們在夢中
也這樣騎著馬
以幽默
談著戀愛
用近乎憂傷的詼諧
取悅自己
開人生一點點玩笑

二〇一一年九月《創世紀詩雜誌》秋季號第一六八期

戀人
The Lovers, 1935.

胡安・米羅 (Joan Miro 1893-1983)

他們相愛
如觸高壓電般
達達了起來
非但在變形的夢境之中
還原了本來面目
更在超現實的幻影裡
顚覆彼此
最後
解放了

二〇一一年九月《創世紀詩雜誌》秋季號第一六八期

漢俑

那位漢時女子的睡姿
安靜柔美如一疋
輕鋪在床上的絲絨被
她的微笑是夢的梳妝鏡
許多人窺伺過
卻沒有人看懂鏡中的反射光
懶懶又軟綿綿地
投射在眼角的一小塊陰影
原來是未乾的淚痕
而唇邊一抹淺淺笑意
二千年了
卻似猜不透的心事
斜斜地浮掛著
如一題
謎語

二〇一二年二月二十九日《聯合報》「聯合副刊」
二〇一二年四月四日《世界日報》「世界副刊」
二〇一二年六月《新大陸詩雙月刊》第一三〇期
二〇一三年三月越南《文藝季刊》第二期（轉載）

化石

再也想不起
那女子的臉
只記得
嘴角浮掛的淺笑
在記憶中
風化了
只剩下一抹
石灰質的笑意

二〇一三年十二月《創世紀詩雜誌》冬季號第一七七期

【卷四】七里香

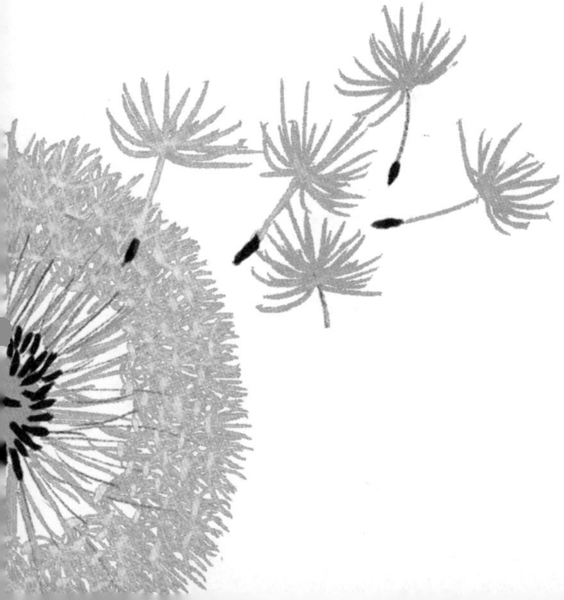

告別

去年春天
我們一起在雨中賞花
妳欲言又止
心事都迎著斜斜的細雨　飄散了
那些說了又說的陳年往事
突然不再提起
妳說　就讓落花隨風而逝

去年春天
我們一起在陽臺看晚霞
看那顆出奇安靜的夕陽
怎樣緩緩滑落天際
落日餘暉爲何特別沉默
妳說　就讓夜色來說清楚

我問難道是無言的道別
妳笑而不答
轉身只見暮靄蒼茫湧來，只見
妳滿眼嫣紅的繁花
在霞光裡
盛開著一片寂然

後記：二〇一〇年一月十三日，母親溘然離世。在和她共度的最後一個黃昏裡，我見到一生中最美的夕陽。

二〇一〇年四月十四日《中華日報》「中華副刊」

夕陽已冷

從妳陽臺望去
最後幾年的落日
一年比一年沉重
妳卻說
一年比一年輕了

我不解
落日何以變輕
難道妳早就看到那抹晚霞
已燒成了灰燼？

從妳陽臺望去
陪伴妳的晚風不再吹起
流雲也不再飄浮
夕陽眞的冷了之後

孤星滅了
寒月沉了
陽臺外
除了不醒的永夜
空了

二〇一〇年五月十日《世界日報》「世界副刊」
二〇一〇年七月《秋水詩刊》第一四六期

繡花鞋

不知尺寸不合
還是捨不得穿
這雙簇新的緞面繡花鞋
始終未見您穿過
臨行匆匆也忘了帶走
據說託夢一定要鞋來帶路
所以我不放在鞋櫃
也不藏在衣櫥
窗臺床前似乎皆不宜
只好擺在您的畫像前供著
如此就容易認路
且不至於迷路

錦緞旗袍

早已不穿的一襲絲質旗袍
曲線尚在
粉香猶存
只是主人永別
而失魂落魄地吊掛在衣架上
緞面刺繡的一對鳳凰
也都雙雙哭紅了眼
且準備跟著
翻騰歸去

媽媽，對不起

在車站
我們曾隔著車窗
頻頻揮手
在機場
也曾隔著登機閘口
不住揮手
每次離別都是妳淚眼相送
千言萬語只有一句
保重

這回送妳
妳一直微笑，不再哭了
我一直跪著，不再揮手
千言萬語也只有一句

媽媽，對不起

二〇一〇年七月《秋水詩刊》第一四六期

七里香

～懷念一個人

路經一處久別的舊地
停下腳步回想
她邊走邊說的心事
繁花開得正盛的樹牆
突然間
跟著模糊了

花香怎麼能令人憂傷？
我不想答
而白色的香氣
真的會使人掉淚？
我已不再問

我只想在幻覺中
陪她走一段回家的路

或者在故事轉角
和她重逢

二〇一五年五月二十七日《中國時報》「人間副刊」
二〇一六年三月《野薑花詩集》季刊第十六期

懷念父親的詩

那年雨季

回憶起來
也僅僅止於潮濕的印象而已
皮球濕了
書包濕了
紙船紙飛機全都濕了
而父親嚴肅的笑容
好像從沒乾過

我隔著霧氣重重的窗玻璃
全神貫注地去拼湊童年
朦朧的雨景
更加模糊不清
只看見
父親走遠後

留下濕透了的背影
在深巷盡處
在雨聲中

搖椅

搖啊搖，搖到外婆橋

醒來才知道
我坐過的小船
看見的風景
聽到的櫓聲
還有遠處傳來熟悉的童謠
全是幻境而已

搖啊搖，搖到外婆橋

我一上岸
就醒了
醒在父親陳舊的夢裡

夢裡
只有一把搖椅
靜靜地、慢慢地搖著
搖啊搖，搖到外婆橋

二〇一一年六月《創世紀詩雜誌》夏季號第一六七期
二〇一一年六月二十七日《中華日報》中華副刊「中華副刊」

老花眼鏡

戴上父親留下的一副
從前嫌度數太深
如今又早已用不上的老花眼鏡
讀報
讀小說
讀唐詩宋詞
愈讀聚焦愈模糊

而從抽屜裡翻出來的一封舊家書
讀到最後
只見自己走入信裡
在朦朧不清的字句中
和父親重逢

二〇一一年六月《創世紀詩雜誌》夏季號第一六一期
二〇一一年五月十九日《中華日報》「中華副刊」

清明前夕

事隔多年
我閉目回想
那籃素果 還在
那束鮮花 還在
那壺水酒 還在
而僧人念的經文
早已聽不清了
低沉的誦經聲 還在
事隔多年
我拼湊記憶
在你聽過的懷舊歌曲裡 沉思
在你坐過的椅子上 沉思
在你走過的散步小徑 沉思
想著 想著
細雨就綿綿密密地落下了

我再次閉上眼睛
聽你呼喚我的小名
從那幀放大的黑白照片裡
幽幽傳來
而今春分才剛過
雨便迫不及待地下個不停
我側耳傾聽
清明時節才有的雨聲
不多久
我專注的聽覺
像起霧的視線一般
滴滴答答
也濕了

二〇一四年四月一日《自由時報》「自由副刊」
二〇一五年三月入選《2014 臺灣詩選》（二魚文化版）

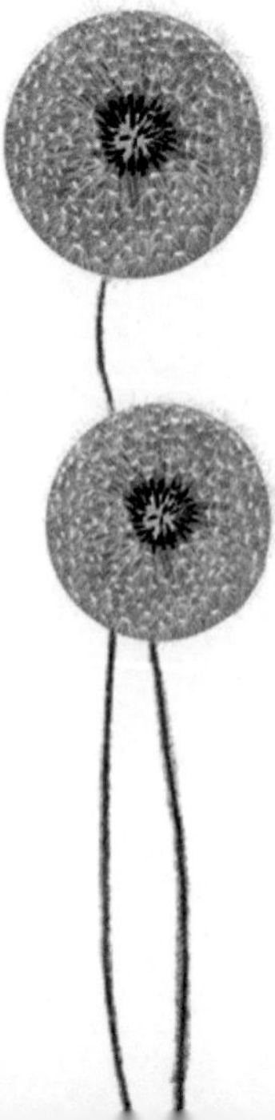

【卷五】旋轉木馬

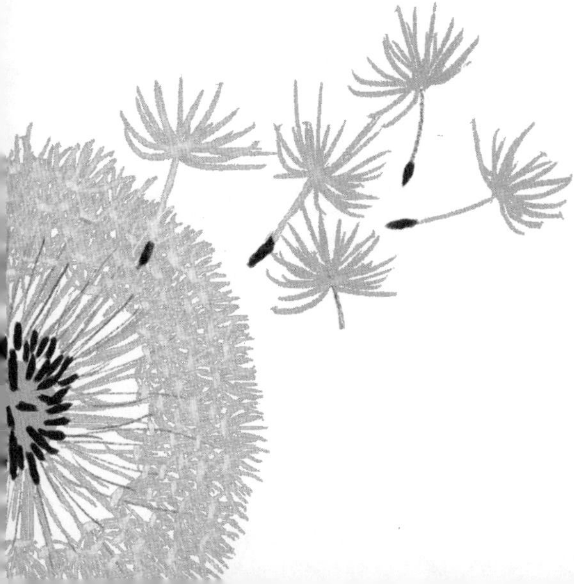

散步小集

·

曾經奔走於大江南北的腳
現在漫無目的地走在
行人道上

·

鞋聲輕了許多
拖在身後的影子卻重了

·

爲了追蹤最後一片晚霞的去向
自己卻走失了
直到把黃昏踩出
滿天的繁星
才找到黑夜的歸途

獨行
其實並不完全正確

一朵閒雲跟著
飛鳥跟著
盈耳的微風
也跟著

還有拐杖
始終不離不棄地
跟著

·

邊走邊想心事
和迎面邊走邊打手機的女人

擦身而過
剛剛好不容易
才想出的絕紗詩句
竟霎時被那縷劣質香水
攪得有點俗氣
又嫌幼稚

二OO九年十二月《創世紀詩雜誌》冬季號第一六一期

舊址

遍尋不著來時路
只有憑著童年的印象
四處去找
一個夢
一個捉迷藏曾經躲過的角落
才走了不到幾步
在一張黑白
與彩色重疊的街頭海報裡
頹然迷了路
好像從未來過
這條街，也從未穿過
這條巷弄
彷彿昔日釘在門牆上的
門牌號碼

在流逝的歲月中
只是一塊斑駁的錯覺

二〇一〇年四月十一日《世界日報》「世界副刊」
二〇一一年五月十五日《葡萄園詩刊》夏季號第一九〇期

旋轉木馬

和你一起騎馬
在一望無際的草原
迎風奔騰
你追趕一個遙遠的夢
我快馬加鞭
去尋找童話故事中
失蹤的童年

轉著轉著
只一轉眼
你已越過了斷崖
我也翻過了山崗
轉著轉著
就這麼過了天涯
又轉過了海角

我不打算告訴你
我們在半途
其實已經碰過面了
因爲你一定不懂
更不相信
我們怎麼會在那首熟悉的兒歌裡
不期而遇
因爲我確實也分不清
到底和你
還是和失散的自己
意外重逢

二〇一一年五月二十五日《自由時報》「自由副刊」

獨居老人十四行

壁燈昏暗的光線
搖搖晃晃
那人半夜起床上廁所的身影
跌跌撞撞
忘了關掉的收音機
正在播放小夜曲
聽不出是莫札特還是舒伯特
抽水馬桶的漏水聲
滴滴答答
搶著打拍子，奏個不停
取下助聽器後
音樂戛然而止
最後連自己的咳嗽
都聽不見了

二〇一〇年十月一日《聯合報》「聯合副刊」
二〇一〇年十二月二十日《世界日報》「世界副刊」

某部電影散場

銀幕上
還在跑著演員表
燈光也未完全亮起
觀衆卻早已紛紛離座
只有他太入戲
不肯離去
他留在劇情裡
看自己由座位上
站起來
慢慢走向
一再重複的主題曲中
走進
故事的結局

二〇一一年十一月九日《自由時報》「自由副刊」

老人院二帖

1

老人打著瞌睡
他把自己彎成禱告的姿勢
越來越垂下的頭
已經低到不能再低了

他以爲
就是
懺悔的最佳方式

2

身體歪一邊
輪椅也跟著歪成
下坡的坡度
回憶傾倒了
印象歪到模糊不清
終至一片空白
心事的斜角
又正好切入夜夢的邊緣
想念的那人
卻久未在夢中出現
只偶爾感覺
踽踽行走的背影
斜斜閃過

二〇一二年一月二十三日《聯合報》「聯合副刊」

街景

人聲與車聲
由遠而近
漸漸喧鬧了起來
我的回憶
就從眼前的一張老照片
開始浮漾
我看見自己
踽踽而行
又從黑白走到斑駁
從彩色走過黑白
走進一幕
遺忘了許久
又與舊照重疊的往事
最後我看見自己
竟從一幅

黑白電影的海報裡
隱隱地
走了出來

二〇一二年九月《創世紀詩雜誌》秋季號第一七二期
二〇一二年九月二十七日《中國時報》「人間副刊」
二〇一三年三月《海峽詩人》春季號第五期（轉載）
二〇一三年九月《揚州詩歌》第二期，總第八期（轉載）

在逝去的鐘點裡

舊相簿

隨手翻開
一冊舊相簿
不經意看到
一幀泛黃的照片
寂靜的室內
突然一聲驚呼
我被一頁塵封已久的往事
刷聲翻了過去

33又1/3轉黑膠唱片

走過的時代
在黑色的旋轉中
又轉了回來
歌曲依然動聽
只是多出
隱隱約約的嘆息，以及
沙沙作響的低泣

黑白電影

鏡頭 拉 遠
時間 倒 退
那人緩緩走入
陳舊的夜景
去和自己重逢
今晚，重溫黑暗的現場
我果眞
回到童年夢境
直到劇終

二〇一二年十二月七日《中國時報》「人間副刊」
二〇一三年九月《揚州詩歌》第二期，總第八期
二〇一三年十月《詩潮詩歌月刊》總第二〇八期
二〇一五年三月十五日《今天．Today》網站雜誌（轉載）

【卷六】紐約地下鐵

聽潮

潮音一波波
由遠而近
又由近而遠
像電晶體收音機裡
短波電台的新聞節目
電波忽強忽弱
怎麼聽
就是聽不明浪濤傳來的消息

一夜下來
我聽累了
最後
只隱約聽出
大海藏青色的長吁短歎

以及一波波
語焉不詳的傾訴

二〇一〇年六月八日《自由時報》「自由副刊」
二〇一〇年十二月選入《二〇一〇世界詩選》
（三十屆世界詩人大會編印）

船影

我曾經在海邊
借用雨景中的斜紋線條
還有薄霧的灰濛
完成了一幅寫生畫

這幅畫的主題
看似描繪海洋的深遠
又像抒寫大海滿懷巨大的悲情
俟達達的船聲
遠遠傳來
你才會意那一抹
晦暗的留白
原來是一艘返航的漁船
搖晃在雲霧瀰漫的海天之際

但我不想說得太過明白
那究竟
是我的本意，還是
一場誤會而已

二〇一一年七月十五日《聯合報》「聯合副刊」

夜經八里左岸

夜突然凝固了
在黑暗中牢牢黏住
自己的腳步
我正好走過渡船頭的暗巷
看見堤岸外的潮汐
一波波拍打明滅不定的燈影

我立刻驚覺翻來覆去的海浪
竟然無聲無息
難道是浪濤被錄進
一支冥想的夜曲裡
我悄然走在岸邊
專注去想那熟悉的旋律和節奏
怎樣將濤音轟隆傳來

又怎樣漸漸隱去
而我才一回過神
四周卻頓時寂靜了
海面好像完全停止了波漾
時間也退回到記憶的深處
我輕身走過
濱海小鎮偶然被記起的街巷
踽踽穿過燈影

二〇一一年八月七日《自由時報》「自由副刊」

一個老婦的側影

早已過了深秋
總還有幾片黃葉尚未落盡
枯枝伸長了抖顫的手
試著去抓住
一抹就要散去的灰雲
天色突然忽明忽暗
即將落雪的天空
一時分外寧靜

而山的那一邊
雪下過一陣停了
北風吹過一陣也停了
冬天，還是以往的冬天
只不過來了就再也不走
而且愈來愈冷了

二〇一一年十二月十五日《聯合報》「聯合副刊」
二〇一二年一月十四日《世界日報》「世界副刊」
二〇一二年入選《二〇一一台灣現代詩選》（文學台灣．春暉版）

紐約地下鐵

一朵烏雲飄過
眼前忽而暗了一下
一個黑女人
從身旁擠過
她的笑容
正好就在隧道中
隨著車廂一排廣告燈
亮起
列車飛快駛進黑夜裡
眼前又暗了一下
接著就一路
黑了下去

二〇一一年十月三日《聯合報》「聯合副刊」
二〇一一年十一月一日《世界日報》「世界副刊」
二〇一二年二月入選《二〇一一臺灣詩選》（二魚文化版）

元宵燈會

從鑼鼓和鞭炮聲
擁成一團的人潮中
穿梭出來
立刻就迷路了
在童年與那題猜不透的燈謎之間
完全失去了方向

曾經提燈籠的手
現在空虛了
可是跟在母親身後的腳步
怎麼走著走著便凌亂了
而且轉眼間
竟變得如此老邁？

不經意回望
似近又遠的飄忽光影
彷彿看見兒時的紙糊花燈
依舊還亮著媽媽的心事
才恍然悟到
謎底應該也一直藏在
那盞久久未熄的
幽冥燈火裡

二〇一四年二月十六日《聯合報》「聯合副刊」
二〇一四年三月《北美華文作家協會》「網站雙月刊三月號」（轉載）
二〇一四年三月十日《世界日報》「世界副刊」

墓園一角

時間忽而停頓了
且慢慢往後
一年接一年倒退
安靜像幻燈片
又似世界漸漸老去
衰老在陳舊的遺忘裡
所有的墓碑
都不說話
沈默如青苔
綠著
碑石上
說不清的斑駁

二〇一四年五月二十日《聯合報》「聯合副刊」
二〇一四年五月二十三日《文心社》網路（轉載）
二〇一四年七月八日《世界日報》「世界副刊」

風景四題

窗景

掀開窗簾
未完工的水彩畫上
發現多添了
一抹流雲的投影
我想加幾筆風景四題
淺淺淡淡的光束
遲疑間
畫裡的色澤
卻忽而暗了下來

霧景

透過半透明的毛玻璃
她微濕的笑容
映入未對準焦距的想像裡
透過一襲薄紗睡衣
她昨晚的夢境
隱約可見
透過印象派
我眼前
一片迷濛

二〇一四年五月九年《自由時報》「自由副刊」
二〇一二年十月《秋水詩刊》第一五五期

雨景

傘下的人撐起
一段灰濛的往事
匆忙走過街角又回頭
濕淋淋的記憶
斜斜落下

雪景

想不起
許下的諾言是否兌現
我留下一張未寄出的風景明信片
寧靜像無聲電影
寂寞如十二月的月曆
短信上說
沉默不僅是唯一的顏色
至少也曾經冷過

二〇一二年十月十四日《聯合報》「聯合副刊」
二〇一二年十二月一日《世界日報》「世界副刊」
二〇一三年三月入選《二〇一二年臺灣詩選》〈雨景〉（二魚文化版）
二〇一五年一月三十日香港中文大學《書寫力量》（The Power of Words）玻璃牆展示手抄》〈雨景〉

【卷七】空了的戲台

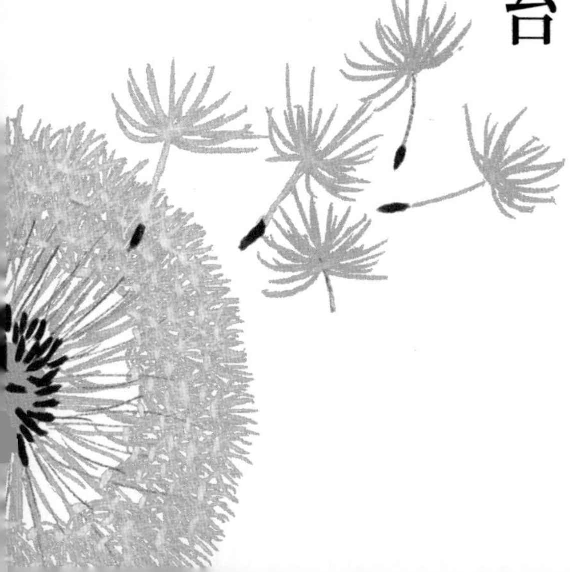

門環

時間冷冷流過
寂靜中
所有的回憶
也全都跟著流逝
顏色褪了
光澤暗了
故事曲折動人，只是陳舊了些
人物愛恨分明，只是蒼老了些
彷彿什麼也留不住

僅僅留住的敲門聲
在突然一驚的

夢醒時分
隱隱作響
隨之又沉默如初

二〇一三年八月五日《中國時報》「人間副刊」

在預感中相遇

我和狄瑾蓀
有過一次約會
日期早已不記得
地點則清晰可憶
在小鎮街角的小咖啡館
聽她輕聲朗讀
我爲美死去

我記不起
爲何與她相遇
只知道有一個預感
在她詩句間
和她不見不散
時間已忘記

好像是十九世紀中葉
或者幾天前
在某個夜讀的幻夢裡

二〇一三年三月《創世紀詩雜誌》春季號第一七四期
二〇一三年九月《揚州詩歌》第二期，總第八期

咖啡館偶遇巴哈

推門入內，
咖啡溶進音樂
迎面飄了過來
仔細聽
才知道巴哈已先我一步
坐在裡面
只有他嗎？
是的，只有他
以及他的
一杯熱騰騰
不加糖的
無伴奏小提琴組曲

二〇一三年四月二十二日《中華日報》「中華副刊」
二〇一三年六月《創世紀詩雜誌》夏季號第一七五期
二〇一三年九月《揚州詩歌》第二期，總第八期

風景線上

倦遊回來
就把去過的地方
遺忘在數位相機的記憶晶片裡
僅僅留住的一點山影水聲
也隨人潮散去
只剩下
一幅印象畫的粉臘筆色彩
映出
滿眼的朦朧

二〇一四年八月二十八日《聯合報》「聯合副刊」
二〇一四年十一月二十日《世界日報》「世界副刊」

紅綠燈號誌

在紅燈前
停車
煞不住的想像
則繼續漫無邊際地
急駛而去
忽然莫名想起
那部早忘了片名的老電影
眼前頓時一片黑白
音樂也跟著慢了下來
轉頭側看
旁邊一輛車裡
一名婦人
正以舊劇照海報的眼神
打招呼

而穿過車窗
投來的一抹復古淺笑
在綠燈亮起的瞬間
即被隆隆車聲帶走

二〇一四年十二月十日《聯合報》「聯合副刊」
二〇一五年一月十五日印度尼西亞華文媒體《千島日報》「千島副刊」（轉載）
二〇一五年一月二十一日《世界日報》「世界副刊」

龍山寺的下午

順著一縷飄過的香煙
信步走向
不加思索便認出的角落
寺鐘敲過一陣
戛然止住
停在同樣的下午，停在
時間與時間重疊的秘境上
鐘聲卻繚繞在飛簷與廊柱之間
把我擁擠而混亂的回憶
團團圍住
久久不願散去
在微顫的尾音中
依稀聽到一聲聲兒童的呼喊
從出神的幻影深處幽幽傳來

這時才驚覺
剛剛錯身而過的人
正抬起頭看了看
兒時也仰望過的同一尊
觀世音菩薩
千手千眼的白光一閃
只見他拖著我的背影
踽踽走出寺外
隱沒於
廣州街吵雜的市聲之中

二〇一五年四月十三日《人間福報》「福報副刊」
二〇一五年六月《創世紀詩雜誌》夏季號第一八三期

空了的戲台

看戲的人
早散了
暗去的燈光
謝幕後
從不再亮起
演過多少次
哭過
又笑過多少回
只有卸了妝的素顏，以及
換下戲服的演出
最入戲
如緩步下台的身段
帶著一抹
被故事情節渲染的淒涼

至今還飄忽在
隱約的掌聲與後台之間

二〇一五年五月十二日《聯合報》「聯合副刊」
二〇一五年六月二十八日《世界日報》「世界副刊」

街角

邊走邊想
一段想不起來的故事
內容無關平凡
或者精彩
只是劇情早已脫離了
回憶的軌跡
以致於容顏模糊不清
對白也如默劇
正打算放棄
拼湊不成的情節
眼前忽然浮現
塵封久遠的場景

在徹底忘記前
頻頻回頭

一切竟真的不見了
騎樓
便利商店
公車站，還有
匆匆折返
又急促走過的

人影

瞬間消失。

二〇一五年六月《野薑花詩集》季刊第十三期
二〇一五年九月四日《世界日報》「世界副刊」

舞者

雨勢最急的時候
一把傘
瞬間撐開
且在水花濺飛的街上
由遠而近
旋轉著一個意念
抽象的
沒有臉部表情的
馬賽克的
舞姿
連續翻轉
像陀螺一樣
不斷轉身之後
舞步就急速模糊了

張開的傘
這時緩緩收起
如謝幕
雨仍然下著
只是舞影伴隨雨聲
由近而遠
漸漸隱去了

二〇一五年六月三十日《中國時報》「人間副刊」

三水街

徘徊的身影
從微微歪傾的巷口走出
便到了下午與傍晚的交界
迎著一抹帶有酒精含量的斜陽
那婦人靠在街邊的站姿
有如一座電話亭
郵筒，或者空了的
酒瓶
更年期般地
沮喪著

二〇一五年六月《野薑花詩集》季刊第十三期
二〇一五年八月四日《世界日報》「世界副刊」
二〇一五年九月《創世紀詩雜誌》秋季號第一八四期
二〇一五年十月《新大陸詩雙月刊》第一五〇期
二〇一七年二月十日入選《野薑花五周年詩選》

鳶尾花

幾束落寞的花莖
斜插在花店的角落
近乎紫色的藍
靜靜綻放著看花人的心情
有意無意地反映了
頹廢的
羞赧的
和一些些憔悴的
昨夜

徬徨中
望著
牆上一幅
幾可亂真的複製畫
遠看近看

最像的莫過於
複製了
畫家的
嘆息

唉——
夜太長了
睡夢中的花期又過短
此外，僅僅留下
一堆不安的顏色
在畫裡畫外
掙扎著

二〇一五年七月二十日《自由時報》「自由副刊」

清水斷崖

~花蓮

我又來了
又站立矮石牆前
遠眺時間怎樣
停頓在
寂靜無聲的遺忘中

此外，我來憑弔
視線盡頭的灰濛海平線，追懷
以海天一色爲背景的回憶

除了海風稍鹹
濤聲近了些

一切和多年前拍攝的一幀風景照片

幾幾乎
沒有改變
只不過相機不同了
我的記憶
也數位化儲存了而已

二〇一五年九月十四日《聯合報》「聯合副刊」
二〇一五年十二月十七日《世界日報》「世界副刊」
二〇一六年二月入選《二〇一五臺灣詩選》（二魚文化版）

雨中

那支忘了帶走的雨傘
一直躺到
另一個下雨天
無意間路過
才想起

爲淋雨而收傘的回憶
依然斜靠在牆角

孤零零地

濕著。

二〇一五年十一月十八日《聯合報》「聯合副刊」

小站旅次

廢棄許久的車站
漸漸荒蕪成
一座墓塚
鐵軌另一端
傳來似近又遠的聲音
飄過枕木和鵝卵石
從來聽不清
如沙啞的偈語
又似輕輕嘆息
更像一句低吟的輓歌
而那些再也聽不到的
轟隆滾動的車輪聲，以及

蒸氣火車的
汽笛長鳴
全都埋葬在墳塋裡

二〇一六年六月二十六日《聯合報》「聯合副刊」
二〇一六年六月二十九日印尼《千島日報》副刊「千島詩頁」（轉載）

【卷八】

非浪漫的暗戀

車過虎門大橋

車子駛進一座
橫跨歷史的懸索橋
收音機正播著
一遍又一遍的愛國歌曲
忽而想到今天是六月三日
風景一幕幕退後
一直退到
銷毀鴉片的海灘遺址
近代史一頁頁翻過
一直翻到清宣宗道光十九年
想著想著
好像欽差大臣林則徐
透過調頻電台
插播他低沉的福州官話

說書般地娓娓道出
那段史實的滄桑

二〇一三年五月二十三《人間福報》「福報副刊」

江南詩抄三首

陽澄湖畔吃蟹記

那幾隻杜牧詠過
陸游讚過的青紫肥蟹
這一刻
紛紛由七言絕句裡爬出
全都來到餐桌上

我持螯剝殼
又頻頻舉杯勸酒
一夜下來
還是吟不出半句詩來唱和
只吃出了
滿嘴滿手的腥
以及

窗外一抹
半醉半醒的月色

古鎮同里

烏蓬船
才緩緩離開埠頭
時間就匆匆過了千年
我問歷史
宋朝究竟有多遙遠
難道眞的只是穿過橋孔
到水巷盡頭的距離
又問

短短的航程
怎麼可能回到隔世的岸邊
當船划進
江南絲竹悠揚奏起的
水上煙波，划進
一卷宋人話本小說的內頁
我才恍然明白
上船前
在南園茶樓聽來的故事
全是出土軼聞
轉眼間
也是千年

夜宿蘇州

今夜投宿的五星級飯店
上床後
竟像一條船
泊靠在京杭運河的碼頭上
聽罷雨聲
聽風聲
又聽河浪拍岸
再聽遠處傳來幾句
瘖啞不清的鐘鳴
以及隨著鐘聲而來的歷史餘音
半夜醒來
隱約聽到古箏獨奏
斷斷續續撥弄的曲調

上完廁所
被抽水馬桶
一陣嘩啦啦的沖水聲沖走

二〇一二年三月三十日《中國時報》「人間副刊」
二〇一二年六月《創世紀詩雜誌》夏季號第一七一期
二〇一二年六月二十八日《人間福報》「福報副刊」
二〇一四年十月《創世紀 60 周年同仁詩選 2004～2014》

夜搭港澳渡輪

船在寂寞的港口啓航
無人相伴
只有晚風來送行
岸邊的燈火
不肯暗去
夜空與海面
相擁在灰濛的霧色中
當忽隱忽現的星光
閃爍出
告別的手影
誰去在意
一段屈辱的歷史還被記得？
誰去理會
珠江口海域

曾經吹過大英帝國的狂風
翻湧過里斯本港灣的海浪？
我把這終將淡忘的一刻
趕緊用相機
從船舷的角度
拍照一張
海上無限的漆黑
拍照
另一個時空

二〇一四年九月《文訊雜誌》第三四七期

第三類接觸

水聲不知從何處響起
豎琴般響過不久
就與風聲重疊
一起奏鳴著
遙不可及的幻境
而流星滑過
夜空的微弱顫音
聽起來
好似輕誦如呻吟一樣的詩句

我不經意反覆哼唱
早已忘詞的老歌
直到所有的聲音
漸漸遠去
隱入寧靜裡

終至一片黑暗覆沒
我還以爲世界就此結束了

然而，音樂又響起
在黑暗的深處
或背面
悠悠地旋轉出
從未聽過的
鋼琴立體的獨奏
從未見過的
單人舞表演
以及
讓人呼吸瞬間凝固的舞姿

二〇一五年十二月二十七日《自由時報》「自由副刊」

赴約

夕陽不爽約
只是遲遲未完全落下
我信守約定來了
走進海邊的晚霞裡
除了潮汐湧來又退去
堤岸無人
連海鳥的影子也沒有

陣陣海風吹過
晚雲飄過
沙灘上一行
剛剛踩出的腳印
被沖刷過
仔細看才想起

那是一張舊照的背景
此時，一隻晚歸的海鷗
低空飛過
我轉身沒入黃昏的海岸線
踽踽走過
灰濛單調的
一座廢棄了的防波堤

二〇一六年五月三日《中國日報》「人間副刊」

舊金山幻想曲

霧落金門橋
電纜車噹噹滑過
漁人碼頭
我湊巧來憑弔
那年懸在港灣的夕陽
而晚霞卻完全陷入
那支懷舊老歌迷濛的旋律中
彷彿又聽見女歌手急促的呼吸
和亂了的心跳
這時一幕黑白電影的場景
隱隱浮現了
你正迎面走了過來
當幽靈般靠近時
才看清髮際插著的花

早就凋萎了
我則佝僂緩行
迷失在
又起了霧的
舊金山濕冷的
記憶裡

二〇一六年四月二十九日《中華日報》「中華副刊」
二〇一六年六月《海星詩刊》夏季號第二十期
二〇一六年六月《新大陸詩雙月刊》第一五四期

滿月與潮汐

1

在不安的夜空下
徘徊不前
並且不住仰望一輪滿月
閃過的昏黃光芒
把始終漣漪不寧的心神
攪得更亂
卻令我懂得
月球的圓周率
和女人的夢不盡相同
不能一樣以數學
以物理去計算
女人的心事
深鎖在圓鏡裡

只可猜測
但永無謎底
如同月亮不能再圓
再圓，盪漾的心事
就會洩漏出
不好明說的祕密了

2

月球引力
強拉著一波比一波高的浪濤
衝向海灘
瀕臨崩潰的神經
愈拉愈緊
漲潮時分
潮汐就以焦慮之姿湧動著
月光也異常詭奇
驚慌灑落海上
且一再折射曖昧的波光
我不大明白
潮水暴漲的暗示
只知道再漲一點

那些少婦就更羞澀
更拘謹
看上去猶豫的身影
則飄忽在盈耳的潮聲中
最後被月球引力
吸引到一處
遙遠的荒幽海邊
去擁抱
一朵洶湧上岸的浪花
擁抱
整個暗夜

二〇一六年十二月四日《自由時報》「自由副刊」

非浪漫的暗戀

初晤
正值嚴寒的下雪天
北風呼呼吹過
我們靠得很近
聽見你混濁的呼吸聲裡
依稀和著
懷舊老歌的音調
我也聽清
微弱的顫音
原來把氣喘伴成了節奏
你難道眞想
在皺紋與稀疏的灰髮之間
伸出一雙枯乾的變形手指
來指揮
年華逝去的旋律

再次相逢
我們靠得很近
窗外雪停了
你低垂灰濛的眼睛
開始凝視冰原無盡的茫然
你沉默了
如剛下過的雪
靜靜回想
走過的一生
經過的風風雨雨
回想失焦的歷歷往事

我們靠得很近
在你的幻想中

邀你以及你的輪椅共舞
乾癟的嘴唇
仍然抿著一絲
陳舊的嫵媚笑意
而緊緊裹住脖子的圍巾
幽幽散發一股
像花露水百花油又似鄉愁的餘味
我們靠得很近
我感覺到
你三十年代老邁的溫柔
以及
阿茲海默說不清的孤寂

二〇一七年二月一日《聯合報》「聯合副刊」

白色五月

順著母親教唱的兒歌
回望遙遠的童年
怎麼哼著哼著
就哽咽了
眼前映入的景象
正是醫院長廊的一堵白牆
以及病房外一池綻放的白荷
還有騎白馬過蓮塘的秀才郎

記不清
色彩繽紛的季節
究竟什麼時候褪色成
一片陳年往事才有的色澤
也只有黑白電影可以回應

一場不堪溯流到原點的舊夢

記不清
顏色到底是在調色盤裡
調了又調的幽暗心境
還是後來改了又改
忽而變了色的轉念

每年時序來到孟夏
總會想起那些年存留的
一幕幕回憶，想起
母親一遍遍教唱的童謠
也會從冥想的老舊留聲機裡
幽幽飄出

和我合聲低吟
只是佈景全是白色系列
遠處山巔一直忘了融化的積雪
屋內的素雅擺設
被幾柱白蠟燭點燃的光芒
照映得更加寧靜肅穆
每個場景好像都停在故事的結尾
現在我從結局倒退了回去
退到一個傍晚
和她站在公寓陽台
一起看最後的夕陽
退到卽便花季已過
也陪伴她在細雨中
去看尚未落盡的殘花

退到牽著她枯槁的手
在晚風中蹣跚散步
最後的幾步路慢慢也走完了
只是來不及說的幾句話
始終說不出口

而今，說不出口的話
就化做白色的思念
如她走時穿的一身潔白素衣
供台上滿佈的白菊
迎風招展的白色招魂幡
另外也像那匹白馬
老則老矣，依舊白光四射
至於秀才郎更老了

他佩戴的白色康乃馨
和他全白的頭髮
一樣白
這時，所有的聯想都繫於
一根白色的虛線
連結人世間的
白色五月

二〇二〇年九月二十日《自由時報》「自由副刊」

【卷九】金閣寺倒影

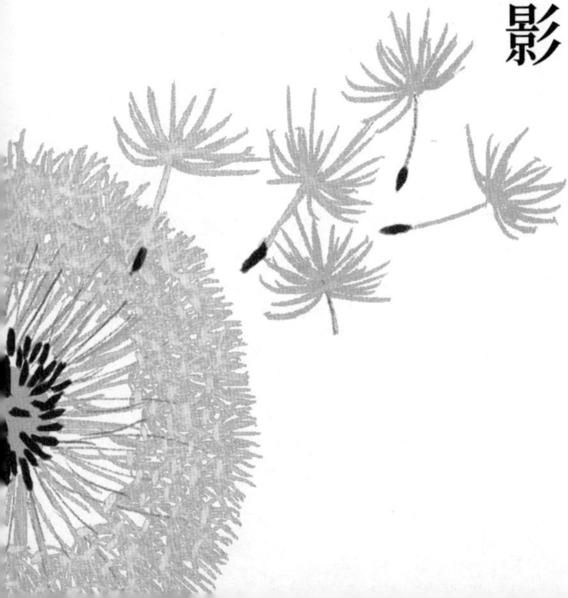

澳門詩帖

不一樣的咖啡

我喝出了
藏在黑色漩渦裡
不一樣的苦
還有昨晚夢中
一抹羞澀的淺笑

我喝著一杯
在里斯本
也喝不到的溫柔

走在澳門的巷弄中

我走進
一段遙遠的時光之中
風從清末輕輕吹來
陽光由民初斜斜射下

我走過
未經剪接的紀錄片
沒有旁白
也沒有配樂
只有我的鞋聲
踩響
終將被遺忘的瞬間

二〇一三年二月二十六日《世界日報》「世界副刊」
二〇一三年三月《創世紀詩雜誌》春季號第一七四期

芭蕾舞鞋

我偷偷愛過她
緊緊擁抱過她
我深情吻過她的足踝
舔舐過她瘀血的腳趾

現在舞台空了
音樂戛然而止
她隨著掌聲遠去
我的暗戀
隨著暗去的燈光
隱藏了

二〇一二年九月十六日《自由時報》「自由副刊」

普羅旺斯的某年夏天

地中海的風
帶著七月熱浪的色彩
還有遙遠記憶一直保濕的招喚
吹過馬賽港灣
晃盪在油畫裡的小汽船
正鼓浪返航
遠遠鳴響著
法蘭西老式的懷舊汽笛

那年夏天的薄荷茶和葡萄酒
能辨別時光流逝的溫差
就一定品嚐得出復古的濃度
夏天過後
街邊的咖啡座
不知什麼時候空了

當我走近一畦
開滿紫色陽光的薰衣草花田
才恍然發現
塞尙馬蒂斯都走過的鄉間小路
而今更寂靜了

幽幽響起的老歌
在梵谷常去的酒館
也反覆哼唱那幾句嘆息
好像訴說
那束始終插在花瓶中的向日葵
永不枯萎
時光眞的不會老去
只是遺忘了
又被記起

回望風景
繽紛舞動的顏色
全都從每一幅畫裡
以微濕的朦朧色澤
輕輕塗抹我的視線
我來過
蔚藍海岸
或者
會不會再來
都無需誰來見證

二〇一五年十一月十六日《中國時報》「人間副刊」

金閣寺倒影

松風
吹過廊房，吹過
層層飛簷
把江戶僧人誦唸的幾句經文
一起吹落在水面上
激起朵朵漣漪
也泛開了池中的倒影
我緩步走近
想來探尋大火焚燒的舊址
卻恍然見到熊熊火海裡的寺院
在水波盪漾中
旋即巧妙重疊
映出一座金碧輝煌的禪寺
我不禁自問

為何不留下灰燼
讓時間永遠停止在
靜幽的波光與禪機之間

二〇一六年十月十八日《聯合報》「聯合副刊」
二〇一七年三月二日《今天網站》（Today）「今日詩選」轉載

車站

在這裡和自己相逢
也在此地
與另一個自己分別
中間的過程
只是車速的移動
沒有多餘的時間
去彼此思念
今生來世的距離

想到停靠某地
好像是必然
卻多半出於偶然
而今佇立月台
如倦遊回來的旅人

亦似一名送行者
不知道究竟抵達終點了
抑或過境
還是再次啓程
只知道一起等候
列車進站
最後又要揮手告別

二〇一七年七月五日《聯合報》「聯合副刊」
二〇一七年《世界日報》「世界副刊」
入選《2017臺灣詩選》（二魚文化）

青銅器時期小記

冷冷的金屬
如安靜的睡夢
千年未醒
夏朝商朝還是周朝
已無考據
銘文雕鐫的那些遙遠記憶
豈止一堆篆刻
可以喚回？
還有歷史風化後
留下的銅綠
怎能映出
訴說不清的塵封祕密？
我想考古
想知道

斑駁的紋飾
如何穿透眞相
且隱隱讓一座鐘
一件鼎，或是
一把劍
從出土的一刻
從時間深淺不一的銅鏽中
悠悠醒來

二〇一七年八月二十八日《自由時報》「自由副刊」

梧桐步道回音

刻意徘徊流連
曾經走過的徒步區
天際一抹霞光
還隱隱亮著
新月忽然就圓了
風吹過繁茂的梧桐樹梢
也急速涼了起來
我已然步入了
那年的深秋

走著，走著
早就不見了的足跡
又一左一右浮在落葉上
重疊著我踩出的鞋印

剛才恍惚間
聽見的一聲瘖啞蟬鳴
以爲是誰的輕喚
在耳邊微顫

走著，走著
晚雲慢慢散去
又漸漸聚攏
聚在邊走邊想心事的仰望中
再往前走幾步
模糊不清的低語
透過盈耳風聲
向我重提幾乎被遺忘的往事
而回憶

其實分辨不出
究竟是別人故事的情節
還是自己的幻覺

二〇一七年十一月二十五日《中華日報》「中華副刊」

鋼鐵的輓歌

向一座傾圮坍毀的廢棄鋼鐵廠致哀

Bethlehem Steel Company（1857-2003），
Bethlehem, Pennsylvania, U.S.A.

喪禮早已結束
除了莊嚴的送葬進行曲
在音樂會上反覆奏響
告別的儀式再也無人記得
不清楚傳奇故事怎樣訴說
精彩傳說如何演繹
只感覺一座虛擬的墓塚
轟然如鏡頭焦距拉近
把整個視線塞得爆滿
彷彿耳邊又響起了

當年在演奏會
聽過的哀樂

曾經咆哮過
曾經怒吼過
曾經輝煌過
曾經不可一世過
而今有人前來攬勝
但見覆蓋厚厚一層鐵鏽的高塔灰影
偃臥在地無聲無息
幾朵不鏽鋼的浮雲
始終懸掛在廢棄廠房的天空
不再飄動
也有人偶來憑弔
根本不見墳塋

也看不到墓碑
但見一抹殘陽斜照在死寂的
被遺忘的世界
此時映出的幾道折射光
在天色暗盡之前
全都投射到
鋼鐵最後安息的廢墟
投射到
每一撮時間的餘燼
以及點點滴滴
不成形的記憶殘屑

二〇一八年三月六日《聯合報》「聯合副刊」
二〇一八年四月二十八日《世界日報》「世界副刊」

竹圍紅樹林

濕地
臥在淡水河北岸
躺出一條如大號畫筆
刷過的水平線
幾隻水鳥噗哧飛入
煙波盡處的涉水矮林
本來安靜的水筆仔
忽而湧動了起來
定睛察看
才發現
畫布上的一輪通紅落日
正緩緩垂降
泥濘的沼澤地帶
此時寫生的人

正在收拾畫具
並且順便把潮汐的印象
以及海風的感覺
加上與彩墨重疊的未乾暮色
一起裝進袋子裡

二〇一八年五月二十四日《聯合報》「聯合副刊」

菜市場

聽海頓

人聲嘈雜
又擁擠
高揚的叫賣聲
夾著伴唱機傳出的流行歌曲
遠近相互呼應
而一句沙啞的歌仔戲
不知從哪個角度
以拋物線落在稍遠的魚販
旋又彈回菜攤子
再跳到賣肉老板油膩的瞌睡中
幾個婦人緊接著
有一搭沒一搭地跟唱起來
突然擴音器一陣疑似惡作劇的巨響
轟然掩蓋了吵鬧的市集
而來往人群仍照樣大聲喧嘩

這時，無論聽或不聽
調頻音樂電台正透過擴音喇叭
高分貝播送
G大調第九十二號交響曲
現在已經進行到第二樂章了
照樣無人驚訝
也無人在意
吆喝聲
更是照樣規律地
烘托著那幾首台語懷舊老歌
直到海頓的旋律
微弱得再也聽不清了

二〇一八年一月二日《自由時報》「自由副刊」
入選二〇一八年《臺灣詩選》（二魚文化）

巴比倫

有一個地方去了幾回
距離不知怎樣測量
兩地橫跨何止千山萬水
時間也只能大略推算
上下縱貫數以千年計
而我來此一遊
卻在反覆夜讀歷史的一瞬間抵達
只是怎麼想都想不起
來過空中花園
怎麼沒有在巨幅泥牆的浮雕上
留下一點回憶的線索？

有一個地方去過多次
那裡流行占卜，神話，謎語和悲愴的唱腔
我學會了鐫刻在高牆上的楔形文字

耽迷於遠古秘密的探究
來此一遊
不需跋山涉水，不必千里迢迢
只在查讀聖經翻閱舊約時
一轉眼間就到了
重疊的風景
橫過美索不達米亞平原
一路如畫卷舒展
把兩河流域
彩繪成奇幻神祕的靈異世界
當我走近一座神廟
從內殿飄出古老的史詩吟唱
將我震懾住了
我竟然聽懂由七弦琴伴奏的歌曲音節
並在音韻中還原了早已消失的語言

穿越時空而來
我已經來到舊約耶利米書的遺址
走在吵雜熙攘的市街
駐足傾聽吟遊詩人的泣訴
和遠古神祕的呼喚
忽然驚悟
我原來要去的地方叫做伊甸園

其實，我是緊緊跟隨一首歌曲的旋律
凌空而降來此一遊的
尾隨歌聲經過高大城門停下
城垛上傳來號角的齊鳴聲
響了一陣又一陣之後
這首曲風輕快節奏奔放的歌曲

接著歡樂演奏了起來
歌詞卻是訴說猶太人被俘
淪落異鄉爲奴隸的悲歌
聽著，聽著
我落淚醒來
醒在一個沒有地標的廢墟上
而近在眼前的幼發拉底河
仍然不停地嗚咽滾動
稍遠的底格里斯河
依舊靜靜地流淌著

◎詩句中提及的一首歌曲：River of Babylon—Boney M.（1978）。

二〇二〇年十二月《創世紀詩雜誌》冬季號第二〇五期
二〇二一年三月四日《世界日報》「世界副刊」

伊洛瓦底江 爲誰哭泣

—哀緬甸

真正的牢獄是恐懼
　而真正的自由是
免於恐懼的自由

—翁山蘇姬（Aung San Suu Kyi, 1945 - ）

如果說
一條眞正的河流
總要爲他流淌的流域
唱出自己的歌
打從發源地之始
我就已經以漢藏語系的聲調
嘶喊著青藏高原高分貝的抒情了

河流爲何無止竭向前奔騰
因爲無怨無悔
河流爲何唱個不停，永不停頓
因爲生於斯，長於斯
世世代代屬於這塊土地
所以我淺唱緬人淒美的歌曲
輕哼孟族哀怨的調子

如果說
一條眞正的河流
總要爲他流經的疆土
頌讚出波瀾壯闊的史詩
從密支那往南

我的歌聲時而澎湃高昂
時而潺潺淙淙
又從亙古響過蒲甘王朝
響過貢榜王朝
一直翻越英屬殖民時期
以迄獨立
我從未停止爲祖國歌唱
流經瓦城不遠的峽谷
我還高唱早已不流行的國際歌
字字血淚交織，句句熱血沸騰
聲聲響徹雲霄
唱著，唱著
大江大河奔流了半壁江山
老式革命歌曲才改換成

新潮重金屬進行曲
一路河浪洶湧
我的歌聲豈止恢弘

如果說
一條眞正的河流
總要爲他流過的時代
見證一個歷史的眞相
一定要唱出自己的歌
而當這條綿延千里的大河
在驚濤駭浪中
奔流到二○二一年二月一日上午時分
我用生命唱的曲調頓時嘶啞了
以靈魂吟誦的樂音忽而凝固了

如果說
一條河不再唱歌
還是眞正的河嗎？
或者，在河流急湍流向仰光
注入孟加拉灣之前
唱一首哀悼緬甸的輓歌

寺鐘齊鳴
僧人的誦經木魚聲
聲聲飄浮在街頭
伴著坦克，伴著
持槍的軍人
隔著拒馬鐵絲網

和人民對峙
輓歌竟時斷時續
及至最後再也唱不下去了
只能代以哀哭飲泣

如果沒有如果
啊，伊洛瓦底江
爲誰哭泣？

二〇二一年三月十四日《自由時報》「自由副刊」

附錄一

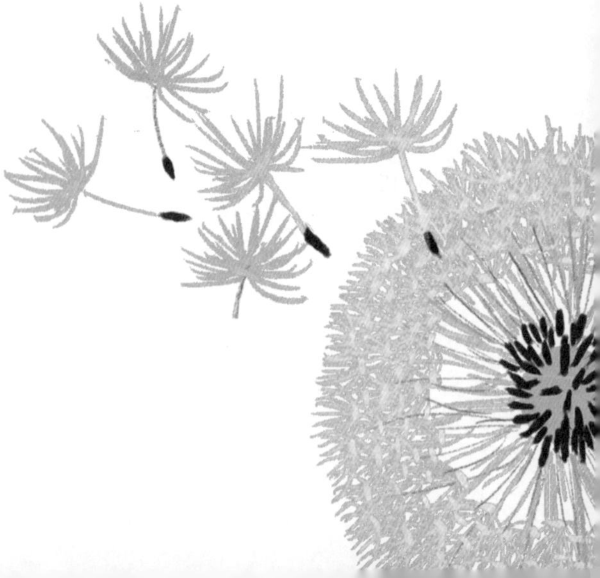

在敞開的世界踽踽而行

——讀張堃詩選集《非浪漫的暗戀》

⊙孫德喜

對於不同的人來說，世界具有不同的意義：非詩人所面對的世界與自己的關係基本上是淡漠的，他們只能在世界的外面徘徊；而世界在眞正的詩人面前則是敞開的，同時詩人也向世界敞開了自己。於是，詩人不是簡單地面對世界，而是由於世界與自己的相互敞開而彼此進入，這或許就是海德格爾所說的詩人是在最初的意義上「歸家」的。當張堃的新詩選集《非浪漫的暗戀》呈現在我的面前的時候，我的感覺就是他一直是在敞開的世界踽踽而行。

《非浪漫的暗戀》英文書名爲 A Non-romantic Crush，是從張堃二〇〇九年到二〇二一年間創作的詩作中精選出來的，雖然其中有些詩曾經在《影子的重量》（2012）和《風景線上》（2016）等詩集中出現過，但是仍然令我感到耳目一新。不過，這種「新」既不是題材的「新」，也不是表現手法的「新」，而是溫故而知新的「新」。通過再次閱讀（當然也包括新讀到的詩作），我對張堃的詩歌有了新的感覺。我最早讀到張堃的詩是在二〇一二年，他的詩集《調色盤》給我的感覺是在品賞南方香茗；二〇一六年，我又讀了他的詩集《風景線上》，感受到詩人由對空間的重視轉移到了對於時間的敏感，而且在他的詩中，時間正慢慢地往後退去。現在，我再讀張堃的詩，既感覺到了他讓世界敞開，又看到了他詩中常常呈現的踽踽而行的身影。

對於詩人來說，宇宙是由天、地、神、人四維構建的。這裡的天該是一種信仰。具有終極性；所謂的地，則是我們處於其中的日常生活，是肉體賴以存在的物質世界；神則是詩人在追求澄明的眞理過程中所獲得的神性，而這種神性使人超越了現實，達到了自由的境界；至於「人」在許多人那裏或許就是健康的人性，並且作爲具有獨立思想和富有個性的人而存在，而我覺得該是具有主體性的獨立靈魂，對世界格外敏感的人，具有詩性的人。詩人在建立起了這四維宇宙，其中的神性令世界敞開。我們先走進張堃的詩歌，看看那敞開的世界。「在似夢非夢的湖面上／輾轉難眠／我索性／自一朵漣漪中／醒來」（〈睡蓮〉）當我們走到水邊見到睡蓮時，往往驚嘆於它迷人的美，從而感到迷戀與陶醉，相比之下，張堃以其神性令睡蓮敞開，於是詩人幻化爲那朵睡蓮，並且由漣漪激活，由酣睡中醒來。在〈野山櫻〉中，「你竟把我早已冷卻的心／瞬間燃燒成一片花海／且將久藏的秘密／恣意輝映成／一抹夕陽／此外還襯上一束／只有我才能會意的霞光／以及／另一種近乎憂郁的／深紫暗紅」。與其說詩中的野山櫻照亮了詩人那「早已冷卻的心」，不如說潛伏於詩人心底的熱情被野山櫻所激活，或者說詩人敏感的心在與野山櫻相碰撞之時迸發出了神性的火花進而照亮了世界，令世界豁然敞開。〈透視〉也同樣顯示了世界的敞開：「沉睡中／一面鏡子／悠悠自暗室醒來／湊不成形的影子／沿著墻壁滑落／消失在另一個黑暗中／他夢見／浴後的自己／根本還留在鏡框裏／全身赤裸／竟和一個陌生的影子／擁抱／那早已不存在的／夜」。詩中的「鏡子」其實是詩人的一種感覺，「鏡子」的「醒來」，其實也就是詩人某種意識的覺醒。正是這面「鏡子」的出現，讓詩人「夢見」了「浴後」的自己。盡管詩寫得有些朦朧、幽暗，而且還有些失落感和憂傷，但是詩人在敞開的世界中超越了日常的自己。

從張堃所生活的世界來看，他出生於臺北，成長於臺灣，中年時移民美國，但是他由於經商，更是爲了詩中的遠方，經常奔走於全球各地，從東南亞到歐洲，從美國到中國大陸，許多地方都留下了他的足跡。這就同他的朋友方明、洛夫等人一樣。因而，他的詩歌一方面閃現著歐美的各地風景、藝術和社會現象的光影，另一方面他又常常隨著慢慢倒退的時間去拜謁已經逝去的親人。然而無論是哪一方面都已不再是現實的客觀再現，也不是簡單地回憶和緬懷，而是自我與世界的相互敞開，進而相互照亮。換句話說，張堃是站在大地之上的，或者說供奉他詩神的廟宇是建立在大地之上的，然而他並不局限於大地，他以自己對於詩歌之神的堅執的信仰激盪著他的創作，於是他的詩源於大地而升騰於天空。張堃對於詩歌的執著追求表明了詩歌在他的心中已成信仰。幾十年來，他孜孜不倦地創作詩歌，他周遊世界各地，每到一地，他都以詩人的眼光去面對眼前的景象與人文歷史，都會迸發出他的詩情。更重要的是，他的詩情明澄純粹，不受世俗的汙染，不受現實利益的糾纏，一直保持著詩歌的聖潔，置詩歌於崇高的地位。他經常不遠萬里來到揚州，就是爲了與揚州的詩人們切磋和研討詩歌，有時他在揚州待的時間極短，急匆匆地來，急匆匆地去，就是爲了與揚州的詩人們見上一面。人們如果了解揚州就很清楚，這裡地理位置比較偏僻，交通還不很方便，然而揚州是文化底蘊十分深厚的詩歌之城，所以張堃盡管到這裡來需費些時間和周折，但是他仍然不顧疲勞困頓，爲了詩歌而來揚州，可見詩歌已經成爲他的信仰。如果從天、地、神、人的四維宇宙中的「天」來看，張堃信奉了基督教。眞正的宗教信仰既不是祈福，也不是簡單的護佑，而是觸及靈魂的終極關懷，點亮人的精神世界。所以，宗教距「天」最近，或者說眞正具有信仰的人才最接近於「天」，它使人的靈魂走向清澈澄明。我雖然是個無神論者，對於宗教的信仰也知之甚少，但是通過閱讀張堃的詩，可以感受到他的詩中閃耀著神的光輝：神學精神及其文化意蘊。如果說對於詩歌的信仰讓張堃的創作走向純粹，讓他的詩（作品）成爲詩（詩性），獲得詩的本質，那麼對於宗教信仰則使他得到了「天」，而「天」的信仰光輝則照徹他的藝術世界。

張堃雖然行走於東西方，接觸到不同質的文化，但是就他的文化底色來看，他還是浸潤在東方文化——特別是傳統的東方文化——之中，他以一個東方行者的身份去觸摸世界、體驗世界和感悟世界。因此，東方文化從某種意義上說也是張堃的一種信仰，構成張堃四維世界中的「天」。東方文化，博大精深，十分豐富，他所接納的則是其中獨特的面對世界和觸摸世界的方式，是妙悟式的思維，是將自我融入到客體對象中去的藝術呈現。《俳句五帖》讓我們感受到的是詩中的禪意。俳句是日本的一種詩體，非常短小，可以算是微詩，關鍵是在凝視客體對象時在禪性思維中獲得頓悟。在其中的第二帖中，詩人由一只小青蛙跳入池水的瞬間事像，猛然悟到了一種情緒，而這微妙的情緒又是通過「雲影就沉了」來表現。而這種禪性思維與頓悟的形式已經成爲融入張堃骨髓的東方文化。〈小詩四首〉雖然不是俳句的形式，但是在詩歌的運思方式與前面的〈俳句五帖〉基本上是一致的。且看其中的〈小橋〉：「路在前／揚塵在遠方單調不變的景色之後／我無心回憶往事／

只低頭俯看／自己的倒影／怎樣蜿蜒而去」。站在橋上的體驗人人都有，也有人向橋下看去，甚至也看到倒影，大多在欣賞美景，而張堃則由倒影延展到自己逝去的歲月，淡淡的感傷與憂鬱蘊含其中。〈裸婦〉是莫迪里安尼的一幅畫，張堃觀賞了這幅畫，進而創作了同題詩。在詩中，畫已不是觀賞的對象，而是觸及詩人與畫的對話。作爲觀者的主體是否能夠走進畫的精神世界，而詩人突然感悟到：問及畫婦人的心思原本是個十分「愚妄的問題」。如果說這首詩所蘊涵的東方文化還不太顯著的話，那麼詩人在觀賞漢俑時的感受則比較明顯。在〈漢俑〉中，詩人精心描繪了漢俑女子的笑，這是古老東方年輕女性的笑：安靜而含蓄，詩人將自我投入其中，試圖探索其笑的意味。然而，越是想解開卻越是解不開，終究是個解不開的「謎題」。〈健忘症〉寫的是日常生活中人們常常健忘的事，但是詩人並沒有停留於此，而是通過頓悟，發現比健忘更嚴重的是自我的迷失，要去雨中尋找迷路的自己。那麼，這個自己是什麼呢，發人深思。〈失憶症〉雖然出現了現代高科技的意象，但是其基本內涵卻是東方式的，詩中的「軟片」和「錄音帶」「記憶晶片」雖然都是現代工業化和電子化的事物，然而其意義卻都知向記憶出了問題。

隨後，由電影與人生經歷的重疊的方式，喻示著出了問題的記憶會對人產生什麼樣的影響。詩集的後半部分，詩人所寫的緬懷父母親等先輩之作以及到江南、虎門、港澳等地遊歷的詩作也都散發出濃郁的東方文化的味道，體現出東方文化的思維方式，從而將東方文化上升爲「天」。

在天、地、神、人共同搭建的平臺上，張堃的詩中則突出了「人」，而詩中的人可能與小說和散文中的人不一樣。如果說小說與散文中的「人」常常是一個具有鮮明個性和獨特人生的人，一個作爲思想個體存在的人，一個顯現人性特質的人，那麼詩中的人則更應該是一個個特別敏感的靈魂，也是相互連通與渴望彼此觸碰的靈魂，還應該是具有主體性的精神個體。人，是一切文學的核心，所有文學所表現的都是人的存在、人的思考和人的精神。但是，也有一些文學作品貌似寫的人，然而其中的人已經被概念化、抽象化和工具化。走進張堃的詩歌世界，我們可以發現無論是其中的抒情主體，還是懷念與追憶的對象，都顯示著生命個體的存在。〈缺席者〉告誡人們，人活在這個世界上是必須在場的，一旦缺席，其位置就必然爲他人所取代。這裏的缺席看似身體的不在，其實隱喻的確是，人的精神的存在極其重要。〈萬年青〉突出的是個體生命存在的價值，不是去裝點別人的空間，而是忍受住孤獨和寂寞以顯示自己的獨立與自尊。「青花瓷」（〈青花瓷〉）的悲哀就在於不是「容器」，只能充當空洞的裝飾「給歷史看」，那麼它的價值只能以「紋身」來證明，這也同樣是十分可悲的。在這裡，張堃以批判和否定的方式來表現自己對人的一種理解。在〈與羅丹一起沈思〉中，詩人以自己一顆敏感的心去貼近羅丹，但是作爲兩個不同的生命主體，雖然都在沉思，並且試圖走進羅丹的藝術世界，結果卻各有各的思考，各自痛苦有別。從哲學層面來看，每個生命個體都是獨特的，既有相通的地方，也有各自的差異，試圖完全融入對方似又不太可能。

世界是敞開的，而靈魂卻未必是安妥的，因爲詩人的靈魂常常處於騷動不安之中，既向往和憧憬遠方，又總是爲鄉愁所牽系，如果說少年詩人可能陷入對未來不可預測的迷茫之中，那麼上了年紀的詩人則常常陷入對過往歲月的追憶中，還可能在茶與酒的催發下回到青少年時代，已經逝去的親人的身影則時常浮現在眼前。出生於一九四八年的張堃現在已屆七旬，而他在很早的時候就已沉入過往歲月的緬懷中。我曾經在《時間慢慢地往後倒退……》（《濕地》二〇一九年第六卷）中談到他的詩以追懷歷史為重要特色，在《現代社會行者的感傷》（《葡萄園詩刊》二〇一三年夏季號第一九八期）中論述了他詩中濃濃的感傷色彩。現在，張堃獻給我們的《非浪漫的暗戀》同樣表現出我在前面兩篇文章中所談論的特色，因為我從他的這部詩選集的許多詩作中看到「踽踽而行」的身影。在《老人院二帖》中，我們看到了「踽踽行走的背影」；在〈街景〉中，詩人告訴我們：「我看見自己／踽踽而行」；在〈夜經八里左岸〉中，詩人寫道：「我轉身走過／濱海小鎮偶然被記起的街巷／踽踽穿過燈影」；〈龍山寺的下午〉中則有這樣的詩句：「只見他拖著我的背影／踽踽走出寺外」；還有這樣的畫面：「我轉身沒入黃昏的海岸線／踽踽走過」（〈赴約〉）……詩中這些踽踽行走的身影顯然出自不同的身份的長者，行走的姿態也多少有些差異，行走的場所也各不相同，但是他們的孤獨感和滄桑感還是一樣的，而且更重要者正是詩人的精神鏡像。這就是說，「踽踽而行」的雖為詩人感觸到的對象，卻也是詩人自己精神狀態的自然表現。所以，我們從《非浪漫的暗戀》中看到的是詩人在敞開的世界踽踽而行的身影。

張堃的「踽踽而行」充滿著人生的孤獨感、滄桑感和憂鬱感。而他的這種精神狀態，既源於他的獨自走天下的人生狀態，又源於他的「初老冉冉將至」的感觸，既在於他對逝去長者的懷念，又有作爲詩人在追求繆斯的道路上的曲折探索，甚至還有人生短暫與世事無常的悲涼心境的因素。世界是敞開的，明澈的，與他的這種精神狀態形成了巨大的緊張感，從而令他的詩歌充滿著藝術張力，同時也是他的人生哲學與詩歌藝術的觸碰和融匯。天、地、神、人的四維宇宙中構建的張堃詩歌更爲廿一世紀的海外華人詩歌增添了新的華章。

二○二一年八月三日於揚州存思屋

孫德喜，詩人、作家、文學評論家，江蘇揚州大學文學院教授。

附錄二

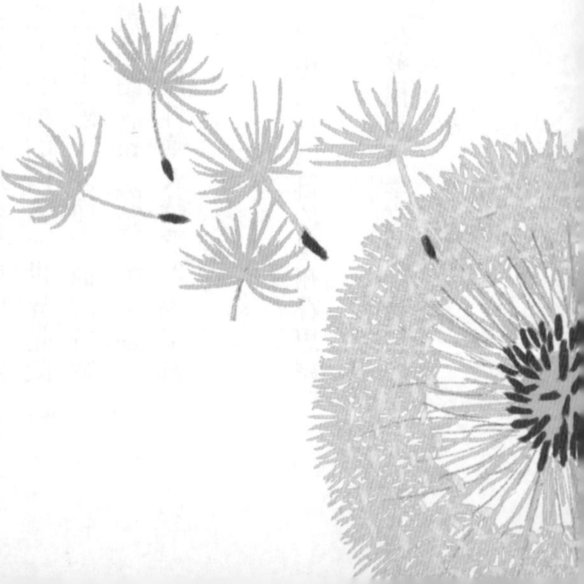

《非浪漫的暗戀》名家推介（排名不分先後）

張堃詩藝圓融流暢，代表臺灣現代詩發展中一個重大環節，即是意象取勝，納須彌於芥子，意在言外，層出不窮。

張錯—加州洛杉磯（詩人、散文家、文學評論家，美國南加州大學教授。）

爽快麻利是張堃的人格特質，這本詩選是他一生詩路歷程的總呈現。孤獨游離擦切於詩壇邊緣，以數十載海外遊子歲月、超過百萬里路的腳程、用明快的語言、麻利的意象、在尋尋覓覓「眞我」的過程中，彰顯了其勇於面對自身、揭矯去僞、對詩極度執著的「非浪漫的暗戀」。不論懷人、寫景、詠物、彰貶歷史、懷古或諷今，均能自如轉換角色和時空，悠然自得，爲海外遊子詩人中碩果僅存的佼佼者。

白靈—臺灣臺北（詩人、作家、詩評論家，臺北科技大學副教授。）

張堃的詩閃現著異國風光，行旅開拓他的視野，也讓他不斷以文字與建築、繪畫、雕塑互文，無處不安頓著西方人文藝術的美好。

做爲海外華人，行旅無非同時蘊含著心靈的流離與漂泊，張堃也善於透過文化的遊歷，展現他在歷史與國族之間的思緒，他不迴避近代史上帝國主義侵略的屈辱，也愛沉醉在江南的煙雨中，追懷美好的文明與歷史，在游移與不斷出走中，建構屬於自身的文化關懷。

眞正動人之處，在於他對臺灣的思念，與家人的牽繫，以及追思離世的至親，修辭極其含蓄婉約，但讀者可從字裡行間感受到巨大的抒情。〈夕陽已冷〉中：「我不解／落日何以變輕／難道妳早就看到那抹晚霞／已燒成了灰燼？」讓人揪心。或如〈非浪漫的暗戀〉中：「我們靠得很近／在你的幻想中／邀你以及你的輪椅共舞」，寫出與失智親人的互動，也讓人動容。

張堃掌握了古典詩中講究餘韻的特色，也讓他不斷移動的風景、錯過的聚首以及濃烈而未明說的情感，需要讀者反覆咀嚼，定會得到極大的震動與感動。

須文蔚——臺灣臺北（詩人、文學評論家、作家，臺灣師範大學國文系教授．文學院副院長。）

詩人張堃的詩歌意象，令我們現實的困境熠熠生輝，甚至讓人沉溺，同時他詩中的智慧詰問、那些貌似不經意的評點，卻如偈語，令我們在經歷意象的洗禮後，瞬間有所頓悟。

黃梵——江蘇南京（詩人、小說家、評論家，南京理工大學教授。）

張堃寫景、抒情、敍事、詠史和旅遊感懷，多以柔綿透剔而準確非凡的意象，連結詩中運行的經緯並成爲召喚的語碼符徵，表達了詩裡各個面相對應的抒情方圓，進而使讀者能夠隨詩人的腳步尋幽訪勝。

詩人張堃上部詩集出版迄今五載，這些年潛身遠跡，幽蟄後隆重推出新詩選集《非浪漫的暗戀》，認眞細讀欣賞之餘，個人必須指出詩人在直白簡約的文字中，處處彰顯對世界和我們生存空間的深刻認知，最重要的是不僅爲這個世代給出一種啓示，一種醒悟；還提供了詩中象徵、暗示的意涵，使主客互位交錯、情理相扣妙接的美感經驗。

碧果——臺灣臺北（詩人、劇作家、插畫家。）

張堃以平實的語言，侃侃漸進的感觸進程，流淌在作者思維中的那個你（主角），氣喘、灰髮、乾癟的嘴唇、緊緊裹住脖子的圍巾、輪椅、阿茲海默症，年老而失智的弱勢形象，拓展出一段似是而非的暗戀，自然生發的情愫應屬非浪漫無虞。

張堃寫詩的情懷，爲內心世界的尋秘一般，此詩自然和他生存經驗的身心依存相關。我們在他的字裡行間摸索到伊底帕斯情節，而作者一向對鏡頭轉換的書寫企圖自有其奇妙技巧，讀者始能穿梭在他人物素描的時空之間不停的變換轉折的心境。

無量壽經說：人在愛欲之中，獨生獨死，獨去獨來，苦樂自當，無有代者。直接或間接生發對這首詩的臆想是：〈非浪漫的暗戀〉其實是作者在大腦海馬迴區，無聲而虔誠的默默在進行。

無接縫的創作，營造了優質而完整的詩作，讀張堃的詩，不管是寫景、寫情，都會感受到和諧的節奏感穿插其間，也就是那種節奏撼動了讀者心裡的那根弦。

朶思──臺灣臺北（詩人、作家、小說家。）

張堃是一位出生臺灣，生活美國加州，穿越兩岸，遊走世界的現代詩人。給我印象和感覺最深的是，行蹤更接近宋以前的遊走詩人，理所應當一襲青衫，驛站題詩，把酒臨風，這是指詩人精神特質，同時又融於極具現代前衛的外相中互爲調合。

在當代海外華文詩人群裡，張堃的詩有自家獨特的風格，就是一道越境的風景線，無論是時間的影子，還是自然和人的風景片段，他都能在自己的調色板上調出詩的顏色，且揮灑爐火純青。古人畫畫墨分五色，張堃寫詩句有五彩。藝術和遊走统一，有精神的境遇和自然的折射，他的詩絕對不同凡響。

馮傑—河南鄭州（詩人、散文家、書畫家。）

張堃的詩作，總是以小見大。在他的眼裡，筆下的大千世界，所見所聞的一景一物，一詩一吟，充滿著靈動，閃爍著大氣。在詩句的背後，讓我們洞察了霜天的浩渺，眼界的寥廓。品嘗張堃的詩作，眞是一大享受。他的詩作，極盡以淺入深，詩意雋永，浸透著聡慧哲思。

他的詩總讓人在純眞中成熟，在精深裡豁然開朗，理解生命的奧秘，淋漓人生的無窮；更可貴的是，張堃的詩，爲眼下嘈雜的詩壇打開一扇淸流的正門，是詩壇之幸，詩壇之光。

王性初——加州舊金山（詩人、散文家、專欄作家。）

「庾信文章老更成」。借用張堃的一首短詩《看雲》概括讀後感。以四句中的前兩句：「正因爲沒有一片雲／重複自己」，呈現「七十後」詩人銳意求新，超越經驗，向「極境」推進的神采。它的後兩句：「我才來／仰望不變的天空」，則用來表達我這老粉絲的對作者的敬意。這本爐火純靑之作《非浪漫的暗戀》，展示詩人張堃從未動搖的追求——以滄桑提煉純粹，以平凡磨礪銳利。

劉荒田——加州舊金山（詩人、散文家，作家、文藝評論家。）

詩人張堃的詩作在語言運用上得心應手，至爲老練，對於意象的捕捉，自是駕輕就熟，氣氛的釀造，當然更是爐火純青。寫詩有自己獨特的品味，雖然運用隱喻、暗示、超現實手法、陌生化的追求，卻不會要人陷入十里霧中，摸不著大腦，因此他的詩集我特別鍾愛！放在床頭常翻閱的便有《調色盤》、《風景線上》、《影子的重量》，尤其是喜歡他的旅遊詩，他常旅遊世界各地，詩作隱含歷史感，風土民情，以及自己的觸景生情，十分有味。他重情眞摯待人，書寫給父母的作品，以及給友人的詩，都一樣淡筆寫濃情，我讀後往往深受感動，低迴不已。在此特別向讀者推薦他的新集（選集）《非浪漫的暗戀》的問世。

落蒂—臺灣臺北（詩人、散文家、文學評論人。）

置身於張堃詩歌渾然天成的藝術氛圍中，會產生一種不由自主的遐想，彷彿時間在身邊流動，時而向前，時而倒流，令人勾起強烈的滄桑感，命運的孤獨感，沈浸於回憶的夢幻之美。想象中詩人張堃有點像舊時上海的老克勒，他的詩也極具海派藝術之美。淸寂而不落寞，高貴而不驕縱，隱忍而不失優雅，深沈而不失輕柔，旣有時尙風華，又具現代意識。

他的詩，看似平淡。卻飽含詩意的激盪與禪思智慧，是無技巧的技巧，散髮著美學的光芒。我很喜歡這部詩集中的《看雲》、《杯子》、《雨中》、《那年冬天》、《車站》、《梧桐步道回音》、《金閣寺倒影》等詩歌。尺幅之內見波瀾，「少卽是多」，「素以爲絢」，詩人深諳藝術之諦。

張燁—上海市（詩人、作家，《中國作家協會》會員，上海大學教授。）

張堃的十二年詩選集，展現各個階段的面貌，穩定的詩質，多變的嘗試。驚訝於他信手拈來的普遍題材，一轉化卽成視角、一頓挫卽是思維，詩集說是「非浪漫」，實則充滿細心與關愛，世俗種種到他筆下皆能綻放有情花。舉重若輕、化繁爲簡，尤難能可貴，例如他寫〈走在澳門的巷弄中〉：「我走進／

一段遙遠的時光之中／風從清末輕輕吹來／陽光由民初斜斜射下」，如此輕輕淡淡，就牽你進入時光隧道中。他長期旅居西方，筆下卻能保有東方抒情之美。對詩的熱忱與信仰，讓他成爲詩的生活者、思想者，以及悲憫者。

李進文—臺灣臺北（詩人、作家、文學評論人，《臺灣商務印書館》總編輯。）

張堃是這個時代的行吟詩人，他所行吟的，不僅是地理上的世界，更是精神上的寰宇。他的所見所思，吟入詩中，不但是一份份記錄，亦是一個個啓示。閱讀他的詩歌，我們的視界和心胸都不由得廣闊起來，甚至悲觀者也會覺得，這個詩意的世界是如此値得棲居。

莊曉明—江蘇江都（詩人、作家、評論家，《中國作家協會》會員，《揚州詩歌詩刊》總編輯。）

他是寧願空著，也不願成爲容器的人；你得先將自己的感知磨細，側耳聆聽一切空與一切有，才能與他詩中的釉光和紋路相知。若他說在夢中騎著馬，你得先成爲一場夕霧，將他攔下，並肩緩步一段路，感性做前導，理性做蹄音，因爲你正在讀張堃的詩。

葉莎—臺灣桃園（詩人、作家、攝影家，《乾坤詩刊》主編。）

張堃詩作長短適中而具思想深度，詩集裡的詩都能做到如〈青花瓷〉裡說的「我從來不是一個容器」、「我始終／空著」那樣……有容乃大，「空著」能讓詩中的人事物出奇不意地冒出知性之火花，既有台灣現代詩的特色又具海外的獨特視角，高超的詩藝在美國華文詩壇屈指可數！

陳銘華—加州阿罕布拉市（詩人、作家，《新大陸詩雙月刊》主編。）

詩人張堃的詩是音樂的。知道張堃先生常常沉浸於音樂的氛圍裡遐想徘徊;少見他「大弦嘈嘈如急雨」;大都似他的喃喃自語,宛如「小弦切切如私語」。他的詩是古典的,也是現代的;是悟性的,也是哲理的。在他的詩中,我們可以一同品茗微醺;一同低徊悵望;一同「同銷萬古愁」。

他的詩是誠懇的,是赤子的。語言至為簡潔極耐咀嚼;時而戳到痛處,忽又搔到癢處。也許,我們的心境多的是重疊暮山翠?詩人張堃,在年齡、閱歷、生活環境上,或許與在大陸的我們有明顯的差別,而這一點卻不影響讀者和他一起同嘆「我的記憶/也數位化儲存了而已」(清水斷崖)。

崔小南—江蘇揚州(詩人、作家,《江蘇省作家協會》會員。)

後記

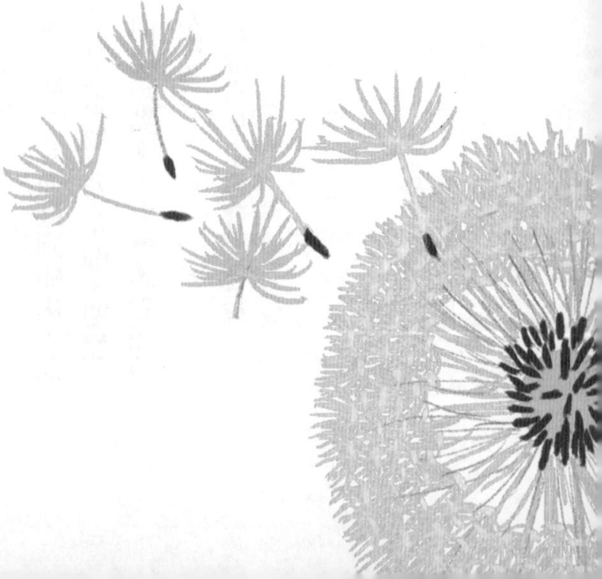

另一個角度

⊙張堃

出了幾本詩集，本來不準備說幾句話當作跋文，結果卻洋洋灑灑寫了何止千字；事後重新審視那些文字，除了把自己出書的過程向有興趣的讀者報告之外，也許更能在賞析詩文的同時，亦可一窺作者創作心路歷程的另一蹊徑。

我不知道這樣的說法是否有自圓其說之嫌，但是由詩人本人現身說法詮釋自己的詩作，誇誇其談，實在不太高明，蓋詩是獨立的世界，它的存在已經完整記錄了想像與現實重疊的進程，無論抒情或敘事，回歸詩的本身，應該才是閱讀詩的正途。

而今正值新集《非浪漫的暗戀》即將付梓之際，我又面臨了是否添一後記的猶豫考量。原先我已決定不再撰文爲跋，突然改弦易轍，實乃事出有因。去年夏天在沒有出書規劃下，詩集《第三類接觸》在新冠病毒疫情仍然肆虐蔓延中悄悄問世，而計劃經年擬於中國大陸出書的詩集，早在若干年前與出版社簽訂了書本出版合約，卻不明原故地拖延至今。

爲了不使小書胎死腹中，打算換一個方式在臺灣出版，豈料踫上百年不遇的疫情，我寓居海外，愛莫能助，只有指望疫情結束，《非浪漫的暗戀》一書能夠儘快排上編輯日程，早日出版面世。在出書之前特別向慨允賜撰序文的老牌詩人向明前輩〈詩寫平常經驗，卻顯處處新招——讀張堃詩選集《非浪漫的暗戀》〉、女詩人詩評家陳素英教授〈行旅軸線——讀張堃《非浪漫的暗戀》〉，以及收錄在書中附錄的詩人評論家孫德喜教授〈在敞開的世界踽踽而行〉，致以最誠摯的謝意。

他們功力深厚從不同視角抒發鋪陳的序文與詩評，不論學術的還是感悟的，都以「抬愛繆讚」的方式力薦，令人感動，銘刻在心。

另外，我想要說的是，沒有遠景出版社發行人兼總編輯葉麗晴女士與執行主編吳建衛君對文學和藝術的熱情、執著以及魄力，這本小書斷斷乎無法以如此典雅大度的面貌傲立書林。在此也一併向替詩選集惠撰推介文的方家名士道謝，朋友的隆情高誼可感，我不會忘記。

《非浪漫的暗戀》是我的第六本詩集，嚴格地說是一本選自二〇〇九年至二〇二一年前後十二載的詩選集。

歲月不居，時節如流，如今我竟年逾七旬而不自知；但確定自己不敢信口說只爭朝夕。不過，對於「往者不可諫，來者猶可追。」這樣的勵志之詞，雖覺時不我予，還是抱著勉力一試的心情，奮力再博吧。至於「文章千古事，得失寸心知」，千萬不可太在意；但求風騷任我，月旦由人而已。

謹以這本詩選集《非浪漫的暗戀》紀念自己走過萬水千山、浮生若夢的懸車之齡。

遠景文學叢書 100

非浪漫的暗戀

A Non-romantic Crush

張堃十二年精選詩集 (2009～2021)

An Anthology of Duodecennial Selected Poems by Toikun Chang

作　　者　張　堃

總 編 輯　葉麗晴
行政總監　廖淑華
編輯主任　柯秦安
執行編輯　吳建衛
校　　對　張　堃
構成諮詢　張靈曦　戴寧

創 辦 人　沈登恩
出版發行　遠景出版事業有限公司
地　　址　新北市板橋區松柏街 65 號 5 樓
網　　址　www.vistaread.com
電　　話　02-2254-5460
傳　　真　02-2254-2136

總 經 銷　紅螞蟻圖書有限公司
電　　話　02-27953656

出版日期　2023 年 3 月
I S B N　9789573911616
定　　價　新臺幣 320 元整

國家圖書館出版品預行編目 (CIP) 資料

非浪漫的暗戀：張堃十二年精選詩集 2009~2021 = A non-romantic crush : an anthology of duodecennial selected poems by Toikun Chand/ 張堃著 . -- 新北市：遠景出版事業有限公司出版：晴光文化出版有限公司發行，2023.03　面；公分 .（遠景文學叢書；105）
ISBN 978-957-39-1161-6(平裝)

863.51　　112002464

行政院新聞局登記證局版臺業字號第 0105 號

VISTA
PUBLISHING

VISTA
PUBLISHING

VISTA
PUBLISHING

VISTA
PUBLISHING